Die Kussagentur

© privat

Susanne Fülscher, 1961 geboren, studierte Germanistik, Romanistik und Pädagogik und war als Kunstjournalistin tätig. Heute lebt sie als freie Autorin in Berlin und schreibt neben Drehbüchern, Romanen und Kurzgeschichten vor allem Bücher für Mädchen.

Susanne Fülscher

Die Kussagentur

CARLSEN

Originalausgabe
Veröffentlicht im Carlsen Verlag
August 2005

Umschlagbild: Birgit Schössow
Umschlaggestaltung: Kerstin Schürmann, formlabor
Corporate Design Taschenbuch: Dörte Dosse
Gesetzt aus der Bembo von H & G Herstellung, Hamburg
Druck und Bindung: GGP Media GmbH, Pößneck
ISBN 3-551-35440-5
Printed in Germany

1

Seit drei Tagen haben wir Mai und ich denke, langsam müsste mal etwas passieren. Meine beste Freundin Junko behauptet nämlich, dass sich im Mai die grässlichsten, aber auch schönsten Dinge ereignen. Liebeskranke Tauben flattern vor Busse, Geister begegnen einem im Schlaf und zwölfjährige Mädchen kriegen so viele Küsse, dass sie es im Nachhinein kaum noch schaffen, all die kusswütigen Anwärter auseinander zu halten.

Möglich, dass Junko einen Knall hat oder der Monat einfach noch nicht weit genug fortgeschritten ist, denn weder habe ich irgendwo eine vom Bus zermatschte Taube entdeckt noch ist mir im Schlaf ein Geist begegnet, geschweige denn dass ich auch nur ansatzweise von einem Jungen geküsst worden wäre. Die bittere Wahrheit ist: Ich bin noch nie geküsst worden. Was an mehreren Faktoren liegen könnte:

- Mein Bruder Lukas – genannt der Mutant – wirkt abschreckend auf potenzielle Anwärter. Er gehört zu der Gattung Angeber, die sich am liebsten den ganzen Tag lang auf ihre (so gar nicht muskulöse und behaarte) Brust trommeln würde.
- Die winzige Wohnung, in der Mama, der Mutant und ich leben, wirkt abschreckend.
- Der Beruf meiner Mutter (Arzthelferin in einer orthopädischen Praxis) wirkt abschreckend. Hammerzehen,

Krummrücken und verwachsene Hüften – um nur ein paar Beispiele zu nennen …

– Ich selbst wirke abschreckend. Ständig Pickel am Kinn. Ständig Mitesser auf der Nase. Zwar lange, dafür aber sehr dünne Haare. Hautfarbe: frischkäsebleich.
– Wenn ich mit meiner Freundin Junko zusammen bin, fliegen alle nur auf sie. Japanerin. Exotisches Gesicht. Schöne, glänzende Haare. Außerdem ward noch nie ein Pickel in ihrem zauberhaften Antlitz gesichtet.

Wie üblich sitzen wir nach der Schule in Junkos türkisblauem Meerzimmer und langweilen uns. Wir langweilen uns so sehr, dass wir fast dazu bereit wären, noch ein paar Hausaufgaben mehr als verlangt zu machen. Vielleicht eine kleine, fiese Versuchsanordnung für Chemie aufzustellen, einen haarigen Dreisatz zu lösen oder grammatikalische Sonderfälle im Englischen zu pauken, bis uns die Ohren klingeln. Aber weil dann doch unsere Trägheit siegt, macht sich Junko daran, ihre Füße zu pflegen. Mausetote Hornhaut rieselt zu Boden, während sie über ihr Problem Nummer eins jammert. Zu wenig Geld. Ständig Ebbe im Portemonnaie. Keine Kohle da für nix …

Um mir den Blick auf ihre aparten Füße zu ersparen, spaziere ich derweil im Zimmer umher und bestaune zum x-ten Mal die ausgefallene Einrichtung. Die Wände leuchten in einem hellen Türkis, der Teppichboden schimmert grünblau wie die Meeresoberfläche, überall verstreut liegen Muscheln und Seesterne; der absolute Knüller jedoch ist der blau-weiß gestreifte Strandkorb, den Junko zu ihrem zwölften Geburtstag bekommen hat. Klar, dass ich auch gern so einen hätte, allein schon um mich mit Junko darüber austauschen zu können, wie sich das Lebensgefühl verändert, wenn man den Großteil seiner Freizeit in einem hübsch gestreiften Standkorb liegen und eine türkisfarbene Zimmerdecke betrachten kann. Doch immer wenn ich Mama darauf anspreche, sagt sie nur zwei Wörter: »Zu teuer.« Manchmal sagt sie auch drei Wörter, die lauten dann: »Viel zu teuer.« Und dann seufze ich in mich hinein und ärgere mich darüber, dass meine Mutter das ganze Geld für uns allein ranschaffen muss. Weil sich mein Dad von uns verabschiedet hat, als ich gerade mal zwei Jahre alt war. Nicht dass ich ihn vermissen würde, ich kenne ihn ja nicht mal, aber dass er sich irgendwo als selbst ernannter Fotokünstler in der Weltgeschichte herumtreibt und uns nie Geld zukommen lässt, damit ich mir vielleicht mal einen Strandkorb zulegen kann, macht mich wirklich rasend.

Dabei wünsche ich mir nichts sehnlicher als so ein nettes gestreiftes Teil. Vermutlich würden sich all meine Probleme in Luft auflösen, wenn ich erst einen Strandkorb in meinem Zimmer stehen hätte. Die Tatsache, dass Mama so wenig Zeit für mich hat, dass ich Mathe nur in den seltensten Fällen kapiere und Junko schon mal geküsst worden ist.

Junko ist da anderer Meinung. Ein Strandkorb löse keine Probleme, im Gegenteil, er schaffe bloß neue. In ihrem Fall bedeutet es, dass sie sich zusätzlich zum Strandkorb noch eine alte Badekabine (als Alternative zu ihrem

Ikea-Schrank namens Björk) wünscht, außerdem einen neuen Computer mit Flachbildschirm. Offen gestanden begreife ich nicht, warum ihre Eltern ihr die Sachen nicht kaufen, am Geld kann es bei den Iwakis jedenfalls nicht liegen. Ihr Vater ist Forscher für irgendwelche Mikroben oder Bazillen, ihre Mutter Orchestermusikerin – beides keine schlecht bezahlten Jobs.

Junko hört einen Moment mit ihrem Gejaule auf, dann wirft sie ganz unvermittelt die Hornhautfeile von sich und schießt wie eine Rakete vom Bett hoch. Ich zucke vor Schreck derart zusammen, dass ich gegen den Strandkorb taumele, mir das Schienbein stoße und fast zu Boden gehe.

Doch anstatt gefälligst mal Erste-Hilfe-Maßnahmen bei mir einzuleiten stammelt Junko nur wie in Trance: »Ich hab's, Effi, ich hab's!«

So wie es aussieht, ist sie gerade verrückt geworden. Will ich das wirklich? Bis zu meinem Lebensende mit einer zwar besten, aber durchgeknallten Freundin vorlieb nehmen?

»Wir werden arbeiten!«, tiriliert Junko jetzt wie eine Opern-Diva. »Geld verdienen! Reich werden! Dann können wir uns alles leisten und pfeifen auf unsere unspendablen Eltern!«

Mit schmerzendem Schienbein lasse ich mich in den Strandkorb plumpsen. »Und wo willst du bitte schön arbeiten? Niemand stellt uns in unserem Alter ein.«

Junko legt ihre Stirn in Falten. Mit spätestens 30, so ihr fester Vorsatz, will sie richtig schöne Denkerfalten haben.

Damit sie intelligenter wirkt, als sie tatsächlich ist. Ersatzweise hat sie sich schon eine Brille zugelegt. Mit Fensterglas. Sooft ich ihr auch zu erklären versuche, sie würde so oder so einigermaßen intelligent aussehen, Junko will nichts davon wissen. Schon seit Wochen geht sie nicht mehr ohne Brille aus dem Haus.

»Wir könnten babysitten«, überlegt sie. »Zum Beispiel bei dem Mondgesicht.«

Nur ungern erinnere ich sie daran, dass uns im Umkreis von 100 Kilometern kein Mensch mehr als Babysitter einstellen wird, weil Junko es einmal fertig gebracht hat, ein vier Monate altes Stillbaby mit einer Kindermilchschnitte zu füttern. Was dem kleinen Wurm gar nicht gut bekommen ist.

»Dann fragen wir im Supermarkt nach, ob wir Regale einräumen können.«

»Vergiss es. Das wäre Kinderarbeit.«

Junko angelt sich ein Stück Lakritze aus einer meerblauen Schale mit Süßigkeiten und wirft mir einen verzagten Blick zu. »Und wenn wir morgens vor der Schule Milchflaschen verteilen?«

Ich zeige ihr einen Vogel. »Das gibt's nur in amerikanischen Filmen!«

»Du kannst einem aber auch alles vermiesen.« Junko gibt stöhnende und ächzende Laute von sich. »So komme ich nie zu meinem Computer!«

»Sei froh, dass du wenigstens schon einen Strandkorb hast. Was soll ich dagegen sagen?«

Aber Junko zieht weiterhin einen Flunsch. Sie hat sich

auf die Badekabine und den Computer eingeschossen und basta. Dass andere Wesen (man denke nur an mich) viel schlimmer dran sind (nämlich strandkorblos), will einfach nicht in ihren Dickschädel.

Plötzlich sind Schritte auf dem Flur zu hören, dann öffnet sich die Tür behutsam und Junkos Mutter kommt herein.

»Guten Tag, Effi!«, ruft sie, indem sie ihre langen Haare sortiert. Das Wort *lang* ist dabei eine schamlose Untertreibung. Um genau zu sein, ragen Frau Iwakis Haare bis über beide Pobacken und glänzen, als wären sie mit Lack überzogen.

»Guten Tag, Frau Iwaki«, erwidere ich, indem ich mich leicht verbeuge. Junkos Mutter macht das auch immer so bei mir, also habe ich es mir einfach abgeguckt. Genau wie dieses ewige Gekicher. Frau Iwaki kichert, wenn man ihr sagt, dass das Essen gut schmeckt, sie kichert, wenn man ankündigt gleich nach Hause zu gehen, und sie kichert, wenn sich draußen Wolken zusammenbrauen und sich in einem heftigen Gewitter zu entladen drohen. Anders ausgedrückt: Sie kichert immer und ständig. Ganz im Gegensatz zu Mama, die meistens nur genervt oder angestrengt in der Gegend herumguckt.

»Junko, wenn du so freundlich wärst rasch deine alten Sachen auszusortieren.«

Das ist auch typisch Frau Iwaki – höflich bis zum Anschlag. Allein mir zuliebe redet sie mit Junko deutsch (normalerweise unterhält sich die Familie auf Japanisch) und dann formuliert sie die Sätze, als wäre Junko nicht ihre Tochter, sondern irgendeine Königin oder die Erfinderin des Sushi, der Lieblingsspeise der Familie. Ich kann diesen Reisteilchen, die kunstvoll mit rohem Fisch belegt oder mit Seetangblättern umwickelt sind, nicht allzu viel abgewinnen, aber Junko zuliebe esse ich sie ohne mit der Wimper zu zucken. Obwohl Mama jedes Mal fast einen Würganfall kriegt, wenn ich ihr berichte, dass mein Magen gerade mal wieder rohen Fisch verdaut.

»Oh – das hätte ich fast vergessen.« Schon ist Junko aufgesprungen und an ihrem Schrank, der leider keine Badekabine ist.

»Magst du etwas essen, Effi?« Im Gegensatz zu Junko, die in Deutschland geboren ist, hat Frau Iwaki einen starken Akzent. Auch wenn sie beim Sprechen kaum Fehler macht, klingt es immer so, als würden sich die Wörter zwischen Zunge und Gaumen verheddern.

»Nein, danke, Frau Iwaki!«, erwidere ich ehrerbietig, um nicht zu sagen gestelzt. Bei Mama hätte ich wahrscheinlich bloß *nee* oder *nö* gesagt und dann weiter in mich hineingemuffelt.

»Junko, wenn du fertig bist, steck die Sachen doch bitte in die große Tüte auf dem Flur.«

Junko nickt, dann ist ihre Mutter wieder draußen.

»Wofür sollst du die Klamotten denn so dringend aussortieren?«

»Altkleidersammlung«, tönt es aus den Tiefen des Kleiderschranks. Ein Teil nach dem anderen fliegt im hohen Bogen durchs Zimmer. Ein ausgeleiertes T-Shirt landet auf meinem Schoß, eine Jeans auf dem Schreibtisch, ein

Pullover auf dem Boden, eine Unterhose ebenfalls, so geht es in einer Tour weiter. Wobei sich mir automatisch die Frage aufdrängt, ob Junko überhaupt noch ein paar ihrer Sachen behalten oder in Zukunft splitterfasernackt durch die Gegend rennen will.

Nachdem ihr Schrank so ziemlich leer gefegt ist, hält sie sich alle Kleidungsstücke der Reihe nach an. Die meisten gefallen ihr dann doch noch (und mir sowieso), weder sind sie aus der Mode gekommen noch kaputt oder verwaschen, also kommen letztlich bloß zwei T-Shirts (das ausgeleierte und eins mit einem Loch am Ärmel) und drei Unterhosen (zu klein, zu geblümt, zu kindlich) auf den Stapel für die Altkleidersammlung.

»Ich brauche dringend neue Sommersachen!«, klagt Junko.

»Ich auch!«, seufze ich gleich hinterher, wobei mir schon klar ist, dass Junko sicher demnächst mit topmodischen Sachen von *Zara* oder *Mango* angetanzt kommt, während das bei mir wieder mal am lieben Geld scheitern wird.

Kurz darauf muss ich schon los. Wegen Mama. Meistens reagiert sie reichlich verschnupft, wenn ich statt mit ihr und dem Mutanten zu Abend zu essen rohen Fischkadaver bei den Iwakis vorziehe.

Wir stehen auf dem Flur, Junko will gerade ihre aussortierten Klamotten in die Tüte ihrer Mutter stopfen, als sie auf einmal einen spitzen Schrei ausstößt.

»Oh Gott, was ist denn jetzt schon wieder?«

»*Das* ist –!«

Mit glühenden Wangen zieht Junko einen petrolblauen Pullover aus der Tüte. Ich gucke sie nur verständnislos an.

»Kapierst du nicht?«, quäkt Junko.

»Doch. Du hältst einen Pulli in der Hand. Er ist hässlich, hat riesige Schulterpolster und außerdem ziemlich viele Wollmäuse an den Ärmeln.«

»Das ist die Idee ... die absolute Hammeridee!«

Während Junko wie weggetreten den Pullover anpliert, wird mir ihre Begeisterung immer suspekter.

»Manche Leute würden für so ein Teil über Leichen gehen. Achtziger Jahre! Total angesagt!«

»Ja und?«

Ich trete von einem Fuß auf den anderen. Nicht dass es mich an den häuslichen Abendbrottisch zieht, aber ich kann es nun mal nicht leiden, wenn Junko ewig lang um den heißen Brei herumredet.

»Wir machen eine Agentur auf!«, trompetet sie endlich. »Für Secondhandklamotten. Und ich verspreche dir – damit werden wir ...« Sie rollt so sehr mit den Augen, dass nur noch das Weiße zu sehen ist. »STINKREICH!«

Für einen Moment bin ich sprachlos. Mit dem ausrangierten Eigentum anderer Leute vermögend werden – darauf muss man erst mal kommen. Ich lasse den Vorschlag kurz sacken, gebe dann allerdings zu bedenken, dass wir vielleicht gar nicht ausreichend coole Kleidungsstücke zusammenbekommen, um eine Agentur zu eröffnen. Ganz zu schweigen von der Kundschaft. Wer weiß, ob der

Durchschnittsmensch unsere ausgefallene Ware überhaupt zu schätzen weiß.

Doch Junko verscheucht meine Einwände wie eine lästige Fliege.

»Mach dir darüber mal keine Sorgen.«

Nur eine Sekunde später fangen ihre Augenlider jedoch an zu flattern.

»Was ist los?«, frage ich beunruhigt. In meiner Fantasie ist der Strandkorb schon in greifbare Nähe gerückt.

»Ich frage mich nur gerade, wo wir unsere Agentur eigentlich aufmachen wollen. Auf der Straße etwa? Geht ja wohl schlecht.«

Da hat Junko Recht. Schließlich kann nicht jeder Hans und Franz seine abgelegten, stinkigen Klamotten auf der Straße verkaufen.

Schade.

Ein Drama, dass die frisch geborene Idee schon gleich wieder gestorben ist.

2

Als ich nach Hause komme, sitzen Mama und der Mutant schon beim Abendbrot; der Fernseher läuft.

Mama liebt Vorabendserien, ausnahmslos. Genau deshalb glotzt sie alle der Reihe nach weg, und bevor nicht der letzte Abspann über den Bildschirm geflackert ist, kann man sie kaum ansprechen.

»Wie war's in der Schule?«, fragt Mama kauend, den Blick auf den Bildschirm geheftet.

»Super. Wie immer«, erwidere ich mit Grabesstimme, wobei Mama meinen Tonfall gar nicht bemerkt. Sie ist ganz darauf konzentriert, das Schicksal der Gräfin von und zu Hohhausen zu verfolgen. Gerade will ihr Mann sie ausradieren, um an ihre Immobilien, Juwelen und diamantenbesetzten Abendkleider heranzukommen, was natürlich bedeutsamer als Schule ist. Umso besser. So bleibt es mir wenigstens erspart, ihr meine Vier in Mathe zu beichten.

»Fein«, murmelt Mama jetzt und streut so viel Salz auf ihre Gurkenscheibe, dass sie sie kurz darauf angewidert wieder ausspuckt.

Der Mutant kichert. Ich muss ebenfalls losgackern.

Jetzt erwacht Mama plötzlich aus ihrer Entrücktheit und fährt uns an: »Was gibt's denn da zu lachen?«

Lukas gluckst und gluckst und erzählt dann die Geschichte eines Klassenkameraden, der beim Essen derart von einem Film gefesselt war, dass er sich – natürlich unbeabsichtigt – eine vorbeilaufende Küchenschabe in den Mund gesteckt hat.

»Das wird uns zum Glück erspart bleiben«, erklärt Mama jetzt lächelnd. »Zumindest solange ihr immer schön beim Putzen mithelft und die Schaben erst gar keine Chance haben.« Damit ist das Thema für sie erledigt.

Nachdem der Alte seine Frau endlich um die Ecke gebracht hat (erst literweise Alkohol eingeflößt, danach erwürgt und schließlich im nahe gelegenen See ertränkt), stellt Mama den Ton leiser und fragt mich, ob ich Sanne zurückgerufen hätte. Sanne ist ihre beste Freundin und seit Urzeiten meine Nenn-Patentante.

»Ach du jemine! Total vergessen! Weißt du, was sie wollte?«

»Keine Ahnung.« Mama zuckt die Achseln. »Sie hat nur gesagt, dass sie ihren Schuppen ausmisten will. Vielleicht braucht sie ja deine Hilfe.«

»Wirklich wahr???« Wie von einer Horde Ameisen gebissen fahre ich hoch. »Sanne räumt den alten Schuppen leer?«

»Ja und? Was ist daran so aufregend?«, erkundigt sich Mama erstaunt und beginnt damit, das dreckige Geschirr aufeinander zu stapeln.

»Gar nichts«, mischt sich der Mutant ein. »Wir müssen uns nur langsam damit abfinden, dass Effi gaga ist.«

Das kriege ich allerdings nur noch so halb mit, weil ich längst zum Telefon gerast bin. Der Schuppen ... Der ideale Ort für Junkos und meine Agentur! Er steht in einem kleinen niedlichen Garten mit direktem Zugang von der Straße.

Sanne ist sofort am Apparat. Haspelnd versuche ich ihr den Sachverhalt zu erklären, woraufhin sie lacht und meint, okay, okay, aber wenn sie abends aus der Apotheke komme, wolle sie niemand Fremdes mehr in ihrem Garten sehen.

»Dann erlaubst du es?«

»Ja! Ihr könnt sogar noch alte Sachen von mir haben. Deswegen wollte ich dich sowieso sprechen.«

Da ich darauf brenne, Junko anzurufen, bedanke ich mich hastig und lege auf.

Überflüssig zu erwähnen, dass Junko ebenfalls aus dem Häuschen gerät, als ich ihr von dem Schuppen berichte. Mehr als das. Wie es so ihre Art ist, kiekst und kreischt sie in den Hörer, dass ich fast einen Hörsturz kriege.

Eine Warnung an die Menschheit: Man schaffe sich besser eine langweilige, temperamentlose Freundin an – allein der Gesundheit wegen.

3

Der Schuppen ist nicht nur ideal, er ist geradezu fantastisch. Durch zwei kleine quadratische Fenster fällt genügend Licht, um nicht in Verdacht zu geraten, illegale Drogengeschäfte zu betreiben (das würde Mama gar nicht gefallen), außerdem gibt es genügend Platz, um alle Sachen auf einem Tapezier-, sprich Verkaufstisch, auszubreiten. Einziger Nachteil: Es mufft ein wenig nach Schimmel, was sich vielleicht ungünstig auf die Klamotten auswirken könnte.

Junko schreitet wie eine Königin durch den Schuppen und ruft in einem fort: »Genial! Genial! Absolut genial!«

Das finde ich auch – besonders wenn ich daran denke, dass ich das Geld für den Strandkorb bereits so gut wie in der Tasche habe.

Ein gelber Zettel pinnt an einer der Plastiktüten. *Nehmt euch einfach, was ihr braucht. Sanne.* Ein glücklicher Zufall nach dem anderen – das Leben meint es wirklich gut mit uns.

Neugierig kippen wir die Tüten auf dem Tapeziertisch aus und sichten die Kleidungsstücke, alles schrille und reichlich bunte Originale aus den siebziger, achtziger und neunziger Jahren, die meisten in Größe 36 und 38. Kaum vorstellbar, dass Sanne da mal hineingepasst hat. Heute trägt sie 44 aufwärts, bloß dezente Farben von Schwarz über Dunkelblau bis Beige. Nur ihre widerspenstigen roten Locken erinnern noch an ihre vermutlich ziemlich wilde Vergangenheit.

Unter anderem gibt es:

- schreibunt geblümte Leggins
- eine quittengelbe Röhrenhose mit hohem Bund
- einen giftgrünen Pullover mit V-Ausschnitt, der bis zum Nabel reicht
- einen schwarzen Mantel mit gigantischen Schulterpolstern und pinkfarbenem Futter
- hellblaue Röhrenjeans
- ein Sweatshirt mit *Charlie-Brown*-Aufdruck, das ich mir sofort unter den Nagel reiße.

Junko ergattert sich das Pendant dazu, ein Sweatshirt mit einem aufgedruckten *Snoopy,* und spontan beschließen wir, dass dies unsere Arbeitskleidung sein wird, sozusagen die Uniform.

»Wir brauchen dringend einen Namen für die Agentur«, meint Junko.

»Und Werbezettel«, ergänze ich. »Die verteilen wir dann überall in der Schule.«

Junko nickt und scheint in einer Flut überaus wichtiger Gedanken zu versinken.

»Was ist mit einem Vertrag? Zwischen uns, meine ich. Rechte und Pflichten …«

»Aber wir sind Freundinnen! Wozu brauchen wir da einen Vertrag?« Manchmal hat Junko wirklich seltsame Anwandlungen.

»Man hat schon Pferde kotzen sehen«, erwidert sie daraufhin und sieht mich so komisch an, als könnte ich möglicherweise eines Tages zu der Gattung *kotzendes Pferd* gehören. Also halte ich lieber den Mund, denke mir allerdings meinen Teil: dass ein Vertrag zwar nicht schaden kann, ich ihn unter besten Freundinnen jedoch völlig überflüssig finde.

Um besser überlegen zu können, wechseln wir in die Eisdiele in der Fußgängerzone.

Vertrag zwischen Effi Meyer und Junko Iwaki, schreibt Junko, nachdem sie ihren Eisbecher in rasender Geschwindigkeit vertilgt hat.

Punkt 1) Die Agentur ist unser gemeinsames Baby. Mitgehangen, mitgefangen.

Ich schiele ihr über die Schulter. »Mitgehangen, mitgefangen – was soll das heißen?«

»Dass niemand von uns einfach so aussteigen kann.«

»Von mir aus«, sage ich schulterzuckend.

Punkt 1b) Die Agentur kann nur in gemeinsamer Absprache aufgelöst werden.
Punkt 2) Der Gewinn wird schwesterlich unter den Agenturchefinnen aufgeteilt.
Punkt 3) Vertragsbruch steht unter Todesstrafe.

»Sehr witzig.« Ich reiße Junko den Stift aus der Hand und streiche die erste Hälfte des Wortes *Todesstrafe* durch. Wobei mir allerdings nicht klar ist, warum es überhaupt so etwas wie eine Strafe geben muss, falls eine von uns beiden – aus welchen Gründen auch immer – von der Agentur genug haben sollte.

Jetzt kommt Leben in Junko. »Stell dir vor, dir fehlen bloß noch fünf Kröten zu deinem Strandkorb und dann – puff! – steige ich einfach aus!« Sie wedelt mit dem Sonnenschirmchen, das Mario in ihren Eisbecher gesteckt hat. »Du würdest mich bis zu deinem Lebensende hassen und verfluchen!«

Da mag Junko schon Recht haben, andererseits sind ihr Computer mit Flachbildschirm und die Badekabine wesentlich teurer als mein Strandkorb, was bedeutet, dass ich vermutlich bis zu meinem Lebensende nicht mehr aus dem Vertrag rauskommen werde. Also füge ich als Zusatz zu Punkt 3) an: *Nachdem eine Summe von insgesamt 500 Euro erwirtschaftet worden ist, darf der Vertrag kommentarlos gekündigt werden.*

Junko zieht die Augenbrauen hoch. »Ach ja? Warum denn?«

»Weil ich nicht für immer und ewig deine Sklavin sein will!«

Ich muss Junko noch eine ganze Weile bearbeiten, bis sie endlich – wenn auch zähneknirschend – einlenkt und mir ein hastiges *okay, okay* ins Ohr spuckt.

Dann rückt sie ein Stück von mir ab, um ihre rattenscharfe Denkerbrille zurechtzuschieben. »Aber wenn nicht Todesstrafe, was dann für eine Strafe?«

»Weiß nicht.« In einiger Entfernung flattert eine Taube vorbei. Wahrscheinlich eine liebeskranke, die sich gleich vor einen Bus schmeißen wird. »Ich will dich gar nicht bestrafen. Wozu auch?«

Ich sage das ganz ernst und meine es auch so. Immerhin ist Junko meine beste Freundin, warum sollte ich ihr also etwas Böses wollen?

Junko steckt mir daraufhin lächelnd ihren Eisschirm in die Haare und streicht kurzerhand Punkt 3). Somit bleiben Punkt 1), Punkt 1b), Punkt 2) und der Zusatz zu einem nicht mehr existierenden Punkt 3), doch da wir beide zu faul sind, das Ganze noch einmal sauber abzuschreiben, setzen wir rasch unsere Unterschriften unter das Dokument.

»Und jetzt der Agenturname«, sagt Junko mit zerknautschtem Hundefalten-Gesicht. »Also: Er muss griffig sein, lautmalerisch klingen, gut zu lesen sein und vor allem Lust aufs Einkaufen machen.«

Wenn ich ehrlich bin, nervt es mich manchmal, dass Junko bei allem, was wir tun und lassen, die Zügel in der Hand behalten muss. Sie schlägt vor, sie bestimmt und selbstverständlich entscheidet sie auch, als wäre sie die Chefin und ich nur ihre dusselige Angestellte, ihre Sklavin, die ausführt, was sie gerade wieder mal in ihrem genialen Hirn ausgebrütet hat. Um nicht ganz so dumm und geistlos dazustehen, nenne ich das Erstbeste, was mir einfällt: *Die Klamotte, Alt macht neu, Junko, Effi & Co,* aber Junko winkt nur müde ab. Ihre Augen blitzen nicht mal andeutungsweise vor Begeisterung.

»Dann schlag du doch was vor!«, fahre ich sie beleidigt an.

Es zuckt kurz um Junkos Mundwinkel, sie nimmt ihre Denkerbrille von der Nase, kaut an den Bügeln herum, doch auch ihr scheint nichts Brillantes einzufallen. Hah!, mache ich befriedigt, allerdings nur in Gedanken. Junko soll schließlich nicht mitkriegen, dass mich ihre momentane Gehirnleere geradezu entzückt. Immerhin geht es um die Agentur, um unser gemeinsames Baby, da sind Neid und Missgunst völlig fehl am Platz.

»Ich brauche unbedingt noch ein Eis. Sonst …«

Schon hüpft Junko leichtfüßig zur Eisdiele, ich bleibe derweil sitzen und schaue in den knallblauen Himmel. Eine Wolke in Form einer Kuh mit Glubschaugen zieht vorüber, dann ein Engel in einem irrsinnig scharfen Minikleid. Als Junko kurz darauf an ihrem zweiten Eis schleckend zurückkommt, saust auf einmal ein genialer Gedanke durch meinen Kopf.

»Unsere Agentur heißt *Trendy*!« Sofort kritzele ich das Wort in riesigen Lettern auf ein Blatt Papier. »T – r – e – n – d – y!«

Junkos Zunge scheint einen Moment am Eis festzukleben, dann lächelt sie mich an und sagt: »Das ist gut! Richtig gut!«

Na also. Auch mir sei mal ein Geistesblitz gegönnt.

Doch kaum hat Junko es sich wieder bequem gemacht, grabscht sie mit der freien Hand nach dem Zettel und beginnt die verrücktesten Buchstabenkombinationen auszuprobieren. Eis tropft dabei auf den Tisch, auf ihre Hand, aber das scheint ihr egal zu sein, dann streicht sie alles bis auf unseren Vertrag durch und malt in fetten Lettern das Wort *TRÄNDII* aufs Papier.

»Wie findest du das? Sieht doch viel besser aus, oder?«

Ich zucke nur die Achseln. Verstehe nicht so ganz, warum Junko das Wort nun unbedingt anders beziehungsweise falsch schreiben muss.

»*TRÄNDII* ist cool! Abgefahren! Scharf gewürzt! Verstehst du?«

Da ich immer noch nichts sage, fügt sie ernsthaft hinzu: »Also ich würde jedenfalls eher bei einer Agentur kaufen, die *TRÄNDII* heißt als *Trendy*.«

»Klar. Weil du das Wort ja auch erfunden hast.«

»Nein, *du* bist die Erfinderin.« Sie knufft mich versöhnlich. »Ich hab mir nur die *Schreibweise* ausgedacht.«

Je mehr sich Junko anstrengt, alles geradezubiegen, desto eingeschnappter werde ich.

»Also gut ...« Junko öffnet ihren Mund sperrangelweit und lässt die Eiswaffel fast komplett in ihrem Schlund verschwinden. Nachdem sie zu Ende gekaut hat – und das dauert eine ganze Weile –, erklärt sie: »Dafür darfst du den Text für die Flugblätter ganz allein entwerfen. Ich werde mich nicht einmischen und auch nichts kritisieren.«

Na toll. Jetzt soll ich auch noch die Drecksarbeit machen. Aber da hat sich Madame gehörig geschnitten.

»Gegenvorschlag«, erwidere ich lässig. »Diejenige, die die Schreibweise der Agentur erfunden hat, muss auch das Flugblatt aufsetzen.«

Junko zieht eine unsichtbare (nur für Insider erkennbare) Schnute, nickt dann aber.

Zum Glück.

Ein kleiner Triumph, wenigstens mal für ein paar Sekunden an diesem Tag Chefin zu sein.

4

Ich sitze gerade auf meinem Platz und packe meine Mathesachen aus, als Junko abgekämpft in die Klasse kommt, mir einen Packen rosafarbenes Papier hinwirft, die Hand aufhält und mit fordernder Stimme sagt: »Eins fünfundzwanzig.«

»Was? Eins fünfundzwanzig? Wofür?«

»Zwei fünfzig hat der Kram hier gekostet. Falls ich einigermaßen richtig rechnen kann, ist die Hälfte davon eins fünfundzwanzig.«

Beeindruckt, dass Junko die Flyer noch gleich gestern Abend aufgesetzt und in einer Blitzaktion vor der Schule kopiert hat, werfe ich einen Blick auf den obersten Wisch.

Den Rand des Bogens zieren lauter Herzen, exakt in der Mitte prangt ein dickes, fettes Herz, in dem dann auch der Text steht:

Kauft bei TRÄNDII –
eurer Agentur für witzige KLAMOTTEN
Luxusteile aus den achtziger Jahren
kostengünstig zu erwerben
Wo? Sanderstaße 11a, Hinterhof, Loft
Wann? Täglich ab 6. Mai (außer Wochenende) 15–18 Uhr
Bei wem? Effi und Junko

Genial, denke ich im ersten Moment, im zweiten Moment muss ich kichern. Unseren Verkaufs-Schuppen als Loft anzupreisen – so etwas bringt tatsächlich nur Junko fertig.

»Gefällt es dir?«, fragt sie, indem sie ihr Kinn unsanft in mein Schulterblatt rammt.

Doch bevor ich antworten kann, platzt unser Mathelehrer Funkel (genannt *Furunkel*) in die Klasse, und weil der Furunkel einer der strengsten Lehrer überhaupt ist, ein Tyrann unter der Sonne, der liebend gerne Briefchen, Schummelzettel und piepsende Handys einsammelt, breite ich blitzschnell meine Jacke über die Flyer. Nicht dass er noch Wind von der Sache kriegt, meine miesen Matheleistungen mit der Arbeit für die Agentur in Verbindung bringt und ich dann bis in alle Ewigkeit bei ihm unten durch bin.

Die Stunde bringe ich mehr schlecht als recht über die

Bühne. Wegen der Vier minus scheint mich der Furunkel auf dem Kieker zu haben und nimmt mich gleich zweimal hintereinander dran. Beim ersten Mal blamiere ich mich bis auf die Knochen, beim zweiten Mal sagt mir Junko so geschickt vor, dass der Furunkel es zum Glück nicht mitkriegt. Gerettet. Galgenfrist bis zum nächsten Schock.

Als kleines Dankeschön lobe ich ihren Flyer in der Pause über den grünen Klee. Als sei ihr damit ein shakespeareartiges Werk aus der Feder entsprungen. Ein paar Mädchen aus unserer Klasse stehen um uns herum und wollen wissen, was für Zettel wir da eigentlich krampfhaft festhalten würden, aber Junko legt sich mit ihrem ganzen Oberkörper über den Stapel, breitet ihre Arme wie Flügel aus und meint mit theatralischem Augenaufschlag, das würden sie noch früh genug erfahren.

»Warum sagst du's ihnen nicht?«, frage ich, kaum dass sie maulend abgezogen sind.

»Weil ein Geheimnis umso geheimnisvoller wird, je mehr man ein Geheimnis darum macht, klar?«

Ich antworte bloß mit einem *Aha* und denke mir meinen Teil. Als ob der Verkauf der Klamotten nur dadurch besser läuft, weil man vorher ein Riesenbrimborium um die Flyer macht.

Junko überlegt, ob es besser wäre, die Zettel schon jetzt auf Tischen und Bänken und auch in anderen Klassen zu verteilen, aber ich kann ihr das schnell ausreden. Besser, wir starten die Aktion erst nach der sechsten Stunde, und zwar direkt am Schulausgang, so können wir die Werbung besonders *flächendeckend* an die Schülerschaft bringen. Abgesehen davon wird kein Lehrer genervt einschreiten, weil unentwegt rosafarbene Papierflieger durch die Klassen segeln.

Gesagt, getan. Nach dem letzten Klingeln nimmt Junko den Vordereingang der Schule in Beschlag und ich den Seitenausgang, der an die Turnhalle grenzt. Es dauert mal gerade zehn Minuten und sämtliche Flyer sind futsch. In den Händen unserer zukünftigen Klienten.

»Das wird der Renner!«, prophezeit Junko strahlend, als wir uns kurz darauf bei den Fahrradständern treffen. »Hast du all die gierigen Blicke gesehen? Ich wette, die meisten warten gar nicht erst bis morgen, sondern rennen uns heute schon die Bude ein.«

Die Hausaufgaben werden an diesem Nachmittag nur im Eiltempo erledigt. Stattdessen bearbeite ich meine Mutter telefonisch, sie solle ein paar abgelegte Sachen rausrücken (was sie am Abend tut), Junko bearbeitet ihre Mutter, auch noch ein altes Konzertkleid, genauer gesagt das erste ihres Lebens, rauszurücken (was sie ebenfalls tut), der Mutant will netterweise seine ausrangierten Unterhosen beisteuern (wird abgelehnt). Wir fegen den Schuppen gründlich aus, stellen einen fleckigen Spiegel und zwei kleine Campingstühle auf, die Sanne in ihrer Mittagspause aus dem Keller geholt hat, zuletzt bedecken wir den Tapeziertisch mit orangefarbenem Krepppapier, die ideale Grundlage für all die edlen Kleidungsstücke, die wir schließlich in wohl überlegter Anordnung darauf betten.

Kurz vor sechs sind wir mit allem fertig.

Es sieht großartig aus!

Wie in einem Geschäft für Avantgarde-Mode!

Einfach zum Sich-gegenseitig-auf-die-Schulter-Klopfen!

Also tun wir es kurz mal eben und freuen uns darüber, dass heute noch niemand bei uns reingeschneit ist. Umso pompöser wird morgen die offizielle Agentur-Eröffnung ausfallen. Junko meint, eigentlich bräuchten wir Champagner, Kaviar und Austern, doch da unsere Finanzen dies (noch) nicht zulassen, entscheiden wir uns für Gummibärchen und Lakritze. Ein kleiner, aber feiner Ersatz.

Bevor wir gehen, verstauen wir alle Sachen wieder hübsch säuberlich in große Plastiktüten. Nicht dass sie über Nacht zu schimmeln anfangen.

»Junko, wir haben überhaupt keine Umkleidekabine!«, fällt es mir auf einmal siedend heiß ein. Das Wichtigste überhaupt! Wer hat schon Lust, sich vor versammelter Mannschaft auszuziehen? Oder sogar im Garten?

»Ach herrje!«, ächzt Junko und rückt ihre Denkerbrille zurecht. »Habt ihr nicht zufällig eine Umkleidekabine zu Hause, die wir uns borgen können?«

»Nein, rein zufällig nicht.«

Junko legt ihre Stirn eine ganze Weile in Falten, dann beschließt sie eines der Bettlaken ihrer Mutter zu opfern und damit die hintere Ecke des Schuppens abzutrennen.

Junko und ihre sagenhaften Ideen … Was würde ich bloß ohne sie machen?

*

Am nächsten Tag finden wir uns Punkt 15 Uhr in unserer Loft-Agentur ein. Da sich die Wolken vom Vormittag verzogen haben, stellen wir die Campingstühle vor den Schuppen, genießen die warmen Frühsommerstrahlen und freuen uns auf den Riesenandrang, der uns gleich bevorstehen wird.

»Genug Wechselgeld in der Kasse?«, fragt Junko, den Kopf gen Sonne gereckt.

»Denke schon.«

Damit es beim Bezahlen nicht allzu große Probleme gibt, haben wir die Kleidungsstücke durchweg mit runden Summen ausgezeichnet: 1 Euro kostet das billigste Teil, ein schon ansatzweise zerfetztes T-Shirt mit Pailletten, 30 Euro das teuerste, das Konzertkleid von Junkos Mutter.

Junko vermutet, dass wir heute den Großteil der Klamotten loswerden, morgen den Rest, danach müssten wir umgehend für Nachschub sorgen, sprich, weiterhin Bekannte und Verwandte anbetteln, notfalls sogar in anderen Secondhandläden Klamotten billig aufkaufen und mit geringem Aufpreis weiterverkaufen.

Viertel nach drei sieht sie auf die Uhr. »Komisch … noch gar keiner da.«

»Wahrscheinlich erledigen alle erst ihre Hausaufgaben«, vermute ich, »und kommen dann Schlag auf Schlag.«

Um halb vier herrscht allerdings immer noch gähnende Leere, ebenso um vier. Junko steht auf, um noch mal den Text auf dem Flyer zu überfliegen. Vielleicht hat sie aus

Versehen 7. Mai geschrieben, aber Pustekuchen. Sosehr sie auch auf den rosafarbenen Zettel starrt, den sie noch in ihrer Tasche gefunden hat, dort steht eindeutig 6. Mai.

Ein leiser und ziemlich feuchter Pfiff entweicht ihren Lippen. »Und wenn nun überhaupt niemand auftaucht?«

»Nun wart's doch ab!«

Ich versuche zuversichtlich zu klingen und eigentlich bin ich es auch. Bei all den Modewütigen an unserer Schule wird sich ja wohl die eine oder andere Person finden lassen, die sich für besonders ausgefallene Kleidungsstücke aus den achtziger Jahren erwärmen kann. Doch solange wir auch warten – kein Schwein kommt. Nicht mal eine Sau taucht auf, einfach niemand, und irgendwann werde auch ich nervös. Was, wenn unsere Agentur der reinste Flop ist?

Gegen Viertel vor fünf sind plötzlich klackende Schritte in der Hofeinfahrt zu hören. Junko springt wie angestochen von ihrem Campingstuhl auf. »Kundschaft! Effi, wir kriegen Kundschaft!«

Und tatsächlich. Ein blonder Haarschopf wird sichtbar, dann steht Jana im Hof. Die immer unmodisch gekleidete Jana mit den stechenden Augen aus unserer Klasse. Ausgerechnet.

»Hallo, Jana!«, ruft Junko überschwänglich, wobei sie trotz aller Freundlichkeit aussieht, als habe sie auf eine Zitrone gebissen.

Eine blödere Kundin als Jana kann man sich nicht mal in seinen kühnsten Träumen ausmalen. Das Gemeine an Jana ist nämlich in Wirklichkeit gar nicht ihr Äußeres, sondern ihr mieser Charakter. Mich hat sie schon zweimal beim Furunkel verpetzt und Junko so ganz nebenbei reingedrückt, dass Jungs im Zweifelsfall eben doch auf blonde Haare stehen würden.

»Kann ich mal reingehen und gucken?« Jana deutet auf die Schuppentür, das Tor zu unserem Tempel namens *Loft*. »Oder habt ihr etwa schon alles verkauft?«

»Nee, nicht alles«, beeilt sich Junko zu sagen. »Nur ein paar Highlights aus unserer Kollektion. Ist aber noch genug da.«

Junko zwinkert mir verstohlen zu. Aber weil wir höfliche Menschen sind (wenn auch nicht ganz so höflich wie Junkos Mutter), geleiten wir Jana in den Schuppen und bieten ihr von den Süßigkeiten an. Immerhin ist sie unsere erste Kundin und als solche etwas Besonderes.

»Hey, das sieht ja toll aus!«

Die Gummibärchen und Lakritze ignorierend stürzt sich Jana auf die Sachen. Jedes einzelne Teil nimmt sie in die Hand, befühlt und betatscht es, als hätte sie fette Diamanten oder Goldklumpen in der Hand. So gesehen ganz schmeichelhaft, nur bringt sie uns damit unsere ganze Ordnung durcheinander, und wenn der Andrang gleich erst mal so richtig losgeht, kommen wir mit dem Sortieren nicht mehr hinterher.

Doch die Minuten tuckern davon, ohne dass etwas Nennenswertes passiert. Leider. Außer dass Jana immer noch die Klamotten begafft und sie mit ihren wurstigen Fingern begrabbelt. Laut juchzend angelt sie sich schließlich das Konzertkleid von Junkos Mutter heraus.

»Oh wie verschärft! Wie cool! Wie oberangesagt und megaabgedreht!«

Junko wirft mir einen Blick zu, der besagt: Himmel! Halte mir bloß diese Kuh vom Leib! Bestimmt findet sie es genauso merkwürdig wie ich, dass Jana eine dieser aufgekratzten Video-Jockey-Mädchen aus dem Fernsehen nachäfft. Ausgerechnet Jana, die man sich allenfalls in einem Bastelkreis für Fensterbilder vorstellen könnte, wo sie andere verpetzt, die sich aus Versehen verbastelt haben.

»Darf ich das mal anprobieren?«, erkundigt sie sich, indem sie den Stoff knetet wie andere Leute die Speckröllchen ihrer Liebhaber.

»Ja, sicher«, nuschele ich und denke insgeheim, jetzt wird ausgerechnet Jana unsere hübsche Umkleidekabine entweihen.

Aber die Show muss weitergehen. Und weil wir zwei ausgesprochen professionelle Agenturchefinnen sind, hebt Junko schon den nur provisorisch mit Heftzwecken festgepinnten Vorhang an, damit Jana drunterschlüpfen kann.

»Ich will aber nicht, dass *sie* es kauft«, raunt Junko mir zu, kaum dass Jana abgetaucht ist.

»Denk an den Computer! Und an die Badekabine!«, flüstere ich zurück, während es hinter dem Betttuch raschelt und knistert. Meine größte Sorge ist, dass Janas Rundungen die Nähte sprengen und das Kleid danach unverkäuflich ist.

Computer und Badekabine scheinen die Zauberwörter zu sein, zumindest zeigt sich jetzt ein klitzekleines

Lächeln auf Junkos Lippen. Fünf Sekunden später bauscht sich das Bettlaken und Jana schlängelt sich mit hochrotem Kopf hervor.

»Einen Spiegel! Bitte einen Spiegel«, ruft sie theatralisch, während Junko, das Gesicht zur säuerlichen Fratze verzogen, auf das gefleckte, blinde Ding an der Wand zeigt. Dies kann nur zweierlei bedeuten: nämlich dass sie kurz davor ist, loszuheulen oder einen Lachanfall zu kriegen. Ich tippe auf Letzteres, denn Jana erinnert in dem Kleid an eine Leberwurst. Um genau zu sein, an eine schwarze Leberwurst mit stechenden Augen.

»Sieht aber toll aus!«, presst Junko hervor, während ich kurz rausgehe, um Luft zu schnappen und somit einen mittelschweren Gackeranfall zu verhindern.

Als ich zurückkomme, dreht und wendet sich Jana immer noch vorm Spiegel und erkundigt sich besorgt bei Junko: »Und du findest es wirklich nicht zu eng?«

»Och … nicht direkt. Was meinst du, Effi?« Junko vermeidet es, mich beim Sprechen anzugucken. Was auch nur gut ist. Zwei kichernde, schlimmstenfalls losprustende Chefinnen wären reichlich schädlich fürs Geschäft.

»Passt wie angegossen«, würge ich hervor und schaue an die Holzdecke, deren Anblick derart trostlos ist, dass ich nun wirklich nicht mehr lachen muss.

»Hm … weiß ja nicht.« Jana kehrt dem Spiegel jetzt ihren Hintern zu und langt sich an die Pobacken. Als würde das Kleid dadurch auch nur ansatzweise besser aussehen. »Wann und wo soll ich es denn anziehen?«

»Immer und überall«, erklärt Junko.

»Auch in der Schule?« Jana wackelt ein bisschen mit dem Hintern.

»Gerade in der Schule«, sage ich. »Was meinst du, wie der Furunkel darauf abfährt.«

Das ist der Moment, in dem Junko die Fassung verliert und zu kichern anfängt, erst leise, dann immer lauter, bis ihr Gegluckse in schrille Höhen jagt. Da entweicht auch mir ein ungewollter Pruster.

Jana steht derweil vorm Spiegel und lässt die Arme trauerweidenartig hängen.

»Ihr veräppelt mich doch.«

»Überhaupt nicht!«, versuche ich zu retten, was zu retten ist, doch zu spät. Das Gesicht eine einzige Gewitterwolke, verschwindet Jana hinter dem Vorhang. Wieder raschelt es eine Weile, dann taucht sie mit dem Kleid unterm Arm erneut auf, legt es zu den durchwühlten Sachen auf den Tapeziertisch und sucht in Windeseile das Weite.

»Wir haben es vermasselt«, meint Junko, nachdem wir den ersten Schreck verdaut haben.

Während wir entnervt beginnen das Chaos zu beheben, stellen wir das allerwichtigste Verkaufsgebot auf: Nie wieder die Kundschaft auslachen! Andernfalls können wir uns Strandkorb und Ähnliches tatsächlich abschminken.

Es dauert gute zehn Minuten, bis wieder alles in Ordnung ist, aber auf dem Hof herrscht weiterhin gähnende Leere. Kein einziger klackender Schritt ist zu vernehmen, nicht mal eine unsympathische Person mit stechenden Augen biegt um die Ecke. Als wären sämtliche Menschen dieser Erde von Ufos entführt worden und nur Junko und mich hätte man vergessen.

»Gott sei Dank«, ächze ich, als die Kirchturmuhr endlich sechs Mal schlägt. »Die Qual hat ein Ende.«

Zutiefst deprimiert verstauen wir die Kleidungsstücke in den Tüten, streichen das Krepppapier auf dem Tapeziertisch glatt und verdrücken im Geiste ein paar Tränchen.

Kurz darauf taucht auch schon Sanne auf.

»Na, wie war's?«, will sie aufgeregt wissen.

»Super«, antworte ich mit nach unten geklappten Mundwinkeln. »Eine einzige Kundin war hier und verkauft haben wir gar nichts.«

»Ihr Armen!«

Sanne lächelt mitfühlend und besteht darauf, sich die Sachen anzusehen. Also kippen wir die Tüten auf dem Tapeziertisch aus, verzichten allerdings darauf, sie erst noch hübsch zu dekorieren. Aber Sanne scheint es vollkommen egal zu sein. Sie wühlt sich auch so durch die Klamotten, ab und zu macht sie *ah* oder *oh* und bei einem abgelegten Männerunterhemd von Junkos Vater schlägt sie schließlich zu.

»Was soll das kosten?«

»Zwei fünfzig«, posaunt Junko, bevor ich den eigentlichen Preis von eins fünfzig nennen kann.

»Gebongt!«

Sanne kramt die Münzen passend aus ihrer Hosentasche, dann verlässt sie pfeifend den Schuppen, indem sie uns noch bittet gut abzuschließen.

»Warum hast du das Unterhemd so teuer verkauft?«, raunze ich Junko an. »Sanne ist meine Nenn-Patentante, außerdem stellt sie uns den Schuppen zur Verfügung.«

»… Loft«, korrigiert mich Junko. Dann zieht sie verlegen die Schultern hoch. »Hör mal … Wir wollen doch wenigstens die Kopierkosten raushaben. Ich mein, falls wirklich überhaupt kein Kunde mehr kommt. Weder morgen noch übermorgen noch überhaupt.«

Da hat Junko allerdings Recht.

Wäre ich eine liebeskranke Taube im Mai, würde ich jetzt glatt vor einen Bus flattern.

5

Auch die restliche Woche passiert nichts, was uns zu Stürmen der Begeisterung hinreißt.

Am nächsten Tag stehen zwar ein paar Mädchen aus der Neun auf der Matte, kreischend und kichernd probieren sie alles durch, indem sie radikal unseren Gummibärchen- und Lakritzbestand verkleinern, doch am Ende investieren sie nicht mal einen müden Cent. Typisch. Freitag kurz vor Ladenschluss – Junko und ich können es kaum glauben – fallen sogar ein paar Jungs aus unserer Klasse ein, allerdings nur, um zu gaffen und blöde Kommentare abzugeben.

Klamotten, bäh … Typischer Weiberkram … Warum wir stattdessen nicht unsere Liebesdienste anbieten würden, da hätten sie dann wenigstens auch was davon, lach, lach …

»Liebesdienste, die spinnen ja wohl!«, schimpfe ich später beim Aufräumen. »Nicht für eine Million Dollar würde ich einen von denen anfassen.«

Junko stiert auf das T-Shirt in ihrer rechten Hand. »Aber irgendwie haben sie doch auch Recht. Mit den Klamotten werden wir uns jedenfalls keine Strandkörbe und Strandkabinen zusammenverdienen.«

Ermattet lasse ich mich auf meinen Campingstuhl fallen. »Und jetzt?«

»Keinen Schimmer. Echt nicht. Pfff…«

Da es inzwischen nieselt, holt auch Junko ihren Campingstuhl in den Schuppen und fläzt sich hinein, indem sie ihre Füße auf dem Tapeziertisch ablegt. Mitten auf dem Abendkleid, so als wäre ihr inzwischen schon alles piepegal.

»Liebesdienste, Liebesdienste …«, murmelt sie wie eine geheime Beschwörungsformel vor sich hin.

»Du willst doch nicht allen Ernstes mit diesen Pappnasen für Geld … äh … dich geschlechtlich vereinigen!«

Mir graust schon allein bei der Vorstellung.

»Das nun nicht gerade, aber …« Junko angelt sich das letzte Gummibärchen aus der Tüte, wobei sie fast aus ihrem Campingstuhl purzelt. »Wofür könnten Jungs uns noch bezahlen … wenn nicht für das eine … wofür sie uns aber trotzdem unbedingt brauchen … zumindest damit ihr Leben etwas rosiger aussieht …«

»Häh?«, mache ich, weil ich wirklich nur noch Bahnhof verstehe. Bei ihren Eltern, die vor Bildung nur so strotzen, sollte sie sich wirklich ein bisschen besser ausdrücken können.

Aber Junko ist schon wieder in ihre vermutlich sehr bedeutsamen Gedanken versunken. So sitzt sie ein paar Minuten da, dann fliegt ihr Finger in die Luft und sie trompetet nur ein Wort hinaus: »Kino!«

»Kino. Ja, ja. Ist ja gut.«

Ich spreche zu ihr wie zu einer alten, verwirrten Omi und tätschele dabei ihre Schulter. Leider Gottes habe ich ja schon länger den Verdacht, dass meine Freundin langsam in absonderliche Sphären abdriftet. Nur könnte die Entwicklung für meinen Geschmack ruhig etwas langsamer voranschreiten.

Sanne klopft an die Schuppentür und bittet uns in freundlicher Frau-Iwaki-Manier, langsam Schluss zu machen, woraufhin Junko panikartig aufspringt, das letzte T-Shirt verstaut und mich mit nach draußen in den Nieselregen zerrt. Auf der Straße erklärt sie mir dann mit sich überschlagender Stimme, wir sollten die Secondhandklamotten-Agentur sterben lassen und stattdessen einen Kinobegleitservice ins Leben rufen.

»Aha«, sage ich nicht besonders begeistert. »Und wer soll da bitte schön wen begleiten?«

»Wir die einsamen Jungs! Für 50 Cent oder auch mehr. Du hast doch selbst gesehen, wie wild die Kerle auf unsere Liebesdienste sind.«

»Liebesdienste, ganz genau.« Ich rümpfe die Nase. »Allerdings kann ich mir kaum vorstellen, dass irgendjemand 50 Cent rausrückt, bloß um neben mir im Kino zu sitzen.«

Später zu Hause lasse ich mir Junkos Idee trotzdem noch mal durch den Kopf gehen. Was, wenn sie Recht hat und es doch den einen oder anderen gibt, der liebend gerne 50 Cent lockermacht, nur um mit mir auf eine Leinwand zu starren? Zwei, drei Filme die Woche und ich hätte pro Monat sechs Euro mehr in der Kasse. In Strandkorbkategorien gerechnet zwar ein Tropfen auf den heißen Stein, andererseits besser als gar nichts.

*

Montag stehen Junko und ich noch vor der Schule im Copyshop und kopieren unseren neuen Flyer, den wir am Wochenende in glutheißer Sonne auf Junkos Balkon ausgeheckt haben.

Diesmal bin ich die alleinige Namensgeberin der neuen Agentur. *Näver äver alone.* Junko war sofort einverstanden, was wohl nicht zuletzt an der unvergleichlichen Schreibweise lag. Der Text des Flyers lautet diesmal:

Bucht bei NÄVER ÄVER ALONE –
eurer Agentur für den besonderen Kinobesuch.
Ihr wollt nicht allein in der Kinoreihe sitzen?
Dann seid ihr hier genau richtig!
Geht mit Junko oder mit Effi oder gleich mit beiden
Kostenpunkt: 50 Cent – 1 Euro (Verhandlungsbasis)
Wo buchen? Sanderstaße 11a, Hinterhof, Loft
Wann? Täglich ab 13. Mai, außer Wochenende, 15–18 Uhr
Bei wem? Effi und Junko

Wie beim letzten Mal verteilen wir die Zettel nach der sechsten Stunde. Ab drei Uhr sitzen wir dann mit Herzflattern im *Loft* und warten auf Kundschaft. Der Tapeziertisch dient jetzt als Schreibtisch, an dem die Verträge aufgesetzt werden. Kein Kinobesuch ohne schriftliche Übereinkunft. Junko ist da übervorsichtig und traut besonders den Jungs aus unserer Klasse nicht über den Weg. Nicht dass sie uns erst als Kinobegleitung buchen und sich später vorm Bezahlen drücken.

Wir hocken gerade erst zehn Minuten auf unseren Campingstühlen, als stampfende Schritte im Hof zu hören sind.

»Yippie, Kundschaft!«, kreischt Junko.

Kurz darauf geht die Tür auf und der Mutant schiebt sich in unseren Büroraum.

»Ach, hi! Komm doch rein!« Junko verbeugt sich ehrerbietig. In etwa so wie ihre Mutter. Nur dass ihr dabei keine meterlangen Haare die Knie pinseln.

»Lukas, was hast du hier zu suchen?«, ereifere ich mich. »Du willst uns ja wohl kaum buchen.«

»Und warum nicht?« Der Mutant trippelt durch den Schuppen, als wäre er auf dem Fußballplatz, wo er um diese Uhrzeit eigentlich auch hingehört.

»Weil du mein Bruder bist und auch umsonst mit mir ins Kino gehen kannst.«

»Aber nicht mit Junko.« Schiefes Grinsen, schiefe Zähne. Eine nette kleine Zahnspange wäre auch mal fällig.

»Du willst Junko buchen?«, hake ich skeptisch nach. In meinen Augen sieht das hier eher nach Spionage aus.

»Wäre schon cool. Vor allem wenn sie sich *Terminator 3* mit mir anguckt.«

Ich sehe zu Junko rüber, die unmerklich das Gesicht verzieht. »Kommen wir da denn überhaupt rein?«

»Klaro! Kenn zufällig den Kartenverkäufer«, brüstet sich der Mutant. »Der lässt mich sogar in *Megabrüste auf der Alm*!«

Junko kichert, wohingegen ich meinem Bruder bloß einen Vogel zeige. Nicht umsonst trägt er den Spitznamen Mutant. Früher war er ja noch ganz in Ordnung, aber im letzten halben Jahr ist er in Lichtgeschwindigkeit zum Oberangeber mutiert.

»In Ordnung ...« Junko rückt ihre Brille zurecht. »Wenn du's wirklich ernst meinst, setzen wir am besten gleich den Vertrag auf.«

Lukas hebt zur Bestätigung den Daumen, im gleichen Moment wird die Tür erneut aufgestoßen und Klassenstreber Oskar schneit herein. Erst Jana mit den stechenden Augen, danach der Mutant und jetzt auch noch Oskar. Wie hart will uns das Schicksal eigentlich noch bestrafen?

»Hi Oskar!«, flötet Junko.

Wieder verbeugt sie sich, die Hand diesmal elegant auf dem Oberkörper abgelegt. Gleichzeitig macht der Mutant einen Satz nach vorne und stößt Oskar plumpvertraulich in die Seite. »Buch meine Schwester und wir gehen zu viert in *Terminator 3*.«

Oskar braucht einen Moment, um sich zu sammeln, dann sagt er mit Seitenblick auf Junko: »In Ordnung. *Terminator 3*.« Und mit Blick auf mich: »50 Cent sind okay?«

Bevor er es sich anders überlegen kann, schlage ich ein und Junko beginnt die Verträge aufzusetzen. Die Bezahlung erfolgt vorab, genauer gesagt an der Kinokasse, der Termin wird noch für denselben Abend anberaumt.

Kaum sind die Jungs weg, hängen wir ein improvisiertes *Sind-gleich-wieder-da*-Schild an die Tür, danach holen wir uns auf die Schnelle ein Eis. Um schon mal vorweg unseren Sieg zu feiern. Zwei Kunden innerhalb von einer halben Stunde ist allemal besser als einen ganzen Tag lang keine einzige Klamotte zu verkaufen – mal abgesehen von dem Unterhemd, das Sanne bestimmt nur aus purem Mitleid erstanden hat.

Als wir zurückkommen, warten bereits zwei weitere Jungs vor dem Schuppen. Leo und Bobbie aus der Parallelklasse. Meine Beine werden auf der Stelle zu Kaugummi, wobei ich nicht mal genau weiß, warum. Leo sieht zwar süß aus, aber er hinkt (seit einem Skiunfall, wie man sich erzählt), Bobbie ist durch und durch ein Idiot. Als wäre er auf der Stufe eines Kleinkindes stehen geblieben, kippt er anderen Reis in den Kragen oder bewirft einen im Winter mit matschigen Schneebällen.

»Herzlich willkommen bei *NÄVER ÄVER ALONE*! Hereinspaziert!«, ruft Junko wie eine Zirkusdirektorin. »Was können wir für euch tun? Sagt an!«

»Ähm«, macht Leo, um sofort wieder zu verstummen und seinen Blick zu senken.

»Kino? Heute Abend? Seid ihr noch frei?«, erkundigt sich Bobbie.

»Sorry, aber heute geht's nicht.« Ich hebe bedauernd die Schultern. »Wir sind schon ausgebucht.«

»Hm.« Leo schielt jetzt an die Decke.

»Ach so. Na, dann«, ergänzt Bobbie.

»Und wenn ihr einfach mitkommt?« Junko grinst verschlagen. Ich kann mir schon vorstellen, was sie gerade denkt: einmal ins Kino gehen und dabei doppelt abkassieren.

Leo räuspert sich jetzt umständlich, bringt aber immer noch kein Wort über die Lippen.

»Und wie sieht's morgen aus?«, will Bobbie wissen.

»Moment.« Junko wühlt wichtigtuerisch in den Bögen, auf denen nichts weiter als ein Karomuster zu sehen ist. »Einen Moment noch ... hm ... hm ... Ja, das ginge. Morgen haben wir ... ja genau, morgen ist Effi noch frei und ich bin es auch.«

»Super«, meint Bobbie. »Dann buche ich mal dich. Leo will Effi.«

Leo will Effi – meine Kaugummibeine drohen vollständig in sich zusammenzusacken. Bevor ich gleich noch lang hinschlage, bequeme ich mich rasch an den Bürotisch und knüpfe mir die Verträge vor. Ich notiere die Namen der beteiligten Personen, die Bedingungen, doch als ich schließlich nachfrage, in welchen Film die Herrschaften gehen wollen, herrscht auf einmal großes Schweigen.

»Ich dachte, ihr schlagt was vor«, mault Bobbie.

»Aber wir kennen doch gar nicht euren Geschmack«, wende ich mit raschem Seitenblick auf Leo ein. Der tritt inzwischen nur noch von einem Fuß auf den anderen und beäugt dabei ausführlich den matschfarbenen Bodenbelag.

»Dann treffen wir uns eben morgen um 19 Uhr am Kino und suchen gemeinsam einen Film aus«, bestimmt Junko.

Da niemand protestiert, vermerke ich auf den Verträgen bei *Filmtitel* jeweils ein Fragezeichen und händige den Jungs die Schriftstücke aus.

Leos Handschrift ist krakelig wie bei einem Schulanfänger, aber als die beiden kurz darauf weg sind, starre ich sie an wie ein Heiligtum.

»Stimmt was nicht mit den Verträgen?«, will Junko wissen, woraufhin ich knallrot anlaufe und bloß »Nö, nö, alles in Ordnung« murmele. Wenn ich ihr jetzt gestehe, dass ich Leos Krakelschrift süß finde, wird sie mich für hochgradig verknallt halten, was jedoch nicht der Wahrheit entspricht.

Ich bin höchstens *angetan* von Leo. Von seiner Handschrift und seiner Schüchternheit. Das ist alles.

6

Punkt 19 Uhr warten Junko und ich vorm Kino (diesmal nicht in Sweatshirt-Uniform, sondern ganz normal in Zivil), um Oskar und meinen Bruder beim In-der-Kinoreihe-Sitzen zu begleiten.

Meine Laune ist auf dem Nullpunkt. Wenn ich ehrlich

bin, würde ich meinen Dienst viel lieber bei Leo antreten, nicht jedoch bei Oskar, dem Klassenstreber. Wer weiß, ob er nicht womöglich schlaumeierhafte Kommentare absondert, mit Chipstüten raschelt oder an der spannendsten Stelle des Films plötzlich losfurzt.

Erst trudelt Oskar ein, kurz darauf der Mutant, der sich sofort wichtigtuerisch an die Kasse begibt. Wir drei Doofis in seinem Schlepptau. Hinter dem Guckloch sitzt ein mürrisch dreinschauender Typ mit langen Haaren, offenbar der Mann, zu dem der Mutant so hervorragende Beziehungen hat.

»Viermal *Terminator 3*«, sagt der Mutant ganz cool.

»*Terminator 3* ist ab 16«, kommt es grummelnd aus dem Guckloch.

»Ja eben. Wir sind ja auch 16.«

Der Langhaarige erhebt sich ein Stück von seinem Sitz, um uns alle der Reihe nach zu beäugen.

»Wenn ihr 16 seid, heiße ich Jesus.«

»Hören Sie …«, versucht es der Mutant ein letztes Mal, doch der Kartenverkäufer scheucht ihn mit einer zackigen Handbewegung weg.

Womit sich wieder mal bestätigt, dass mein Bruder nichts weiter als ein Angeber ist.

»Und jetzt?«, fragt Oskar.

Ich glaube, er ist ganz froh, dass ihm der Actionfilm erspart bleibt.

Lukas sichtet inzwischen bereits die Kinoplakate. Die meisten Filme sind erst ab 16 und die wenigen, die sich auch unsereins reinziehen darf ohne größeren Schaden zu nehmen, tut mein Bruder als Babyfilme ab, die er sich nicht mal in Zeiten größten Kino-Notstands angucken würde.

»Ja und jetzt?«, erkundigt sich auch Junko besorgt. Genau wie ich sieht sie wohl schon unseren Verdienst davonflattern.

»Leute, ich mach mich vom Acker«, verkündet Lukas. »Keine Lust, für Kindergartenkram Geld auszugeben.«

Schon ist er weg und wir stehen mit dem Typen, der vermutlich im Kino furzt, allein da. Ich flüstere Junko zu, dass wir es versäumt haben, im Vertrag ein Ausfallhonorar festzulegen, falls eine der Parteien die Abmachung bricht.

»Also ich würde mir die Komödie schon angucken«, gesteht Oskar mit erstickter Stimme.

»Und du zahlst uns auch beide aus?«, forscht Junko nach.

Oskar scheint einen Moment ins Grübeln zu kommen, dann nickt er jedoch ziemlich entschlossen und wir stellen uns erneut an der Kasse an.

Doch dann passiert es. Das, womit keine von uns beiden gerechnet hat und was daher auch nicht Bestandteil unseres Vertrages ist. Oskar drückt uns zwar jeweils 50 Cent in die Hand, denkt allerdings nicht im Traum daran, auch die Kinokarten für uns zu berappen – wovon Junko und ich ganz automatisch ausgegangen sind.

»Hör mal, so geht das aber nicht!«, schimpfe ich. »Wenn wir die Kinokarten selbst bezahlen, machen wir ein Minusgeschäft, das ist ja wohl klar!«

Ich stoße Junko in die Seite, die daraufhin zur Bestätigung mit dem Kopf wackelt.

»Aber ich dachte … ihr wolltet euch sowieso einen Film ansehen!« Oskar hat auf einmal Schweißperlen auf der Stirn.

»Nee, nee, das hast du gründlich missverstanden«, ereifert sich jetzt Junko. »Wir gucken diesen Quatsch ausschließlich deinetwegen.«

»Tut mir wirklich Leid«, murmelt Oskar mit immer leiser werdender Stimme, Marke Weltuntergang. »So viel Geld habe ich nicht.«

Junko und ich wechseln einen entnervten Blick, dann sagt Junko: »Schon gut. Okay. Macht ja nichts.«

Sie reicht Oskar förmlich die Hand – Anstand muss sein –, woraufhin dieser mit hängenden Schultern davontrabt.

Kaum ist er außer Hörweite, lehnt sie sich stöhnend gegen einen Poller. »War das jetzt unser Denkfehler oder Oskars?«

»Unserer, befürchte ich. Wir haben die Bedingungen wohl nicht genau genug festgelegt.« Um das Drama besser verdauen zu können, schubse ich Junko ein bisschen zur Seite und hocke mich neben sie. »Wer hat auch schon so viel Taschengeld, dass er uns a) einlädt und b) noch ein Honorar abdrückt?«

»Stimmt. War wohl ziemlich dumm von uns.«

»Und was machen wir jetzt mit Leo und Bobbie?«

»Abblasen«, meint Junko nüchtern.

»Spinnst du? Kommt ja gar nicht in Frage!«

»Ach, und wieso nicht?« Junko klingt gereizt.

»Weil ... weil ...«, fange ich an, aber dann herrscht erst mal eine Weile großes Schweigen. Keine Ahnung, wie ich den Sachverhalt formulieren soll, ohne dass Junko mir gleich was unterstellt. Und ich kenne meine Freundin ziemlich gut. Man braucht nur zu erwähnen, der oder der Junge hat aber nett gegrinst oder ein schönes T-Shirt an, schon meint sie, man sei unsterblich verliebt. Also sage ich bloß: »Lassen wir es einfach darauf ankommen. Wenn die beiden nicht zahlen wollen, schicken wir sie eben nach Hause. Da gibt es keine Diskussion.«

Junko willigt ein, wenn auch zähneknirschend, aber am nächsten Tag kommt dann sowieso alles ganz anders.

Bobbie pirscht sich in der großen Pause hinterrücks an uns heran, erst kneift er Junko in den Hintern, dann zwickt er mich in die Taille, bevor er sich aufplustert und meint, das mit dem Kino könnten wir vergessen, wer sei schon so blöd und gebe Geld für zwei Karten plus Bezahlung aus, er spiele da jedenfalls nicht mit.

»Aha. Hat sich also schon rumgesprochen«, sagt Junko mit Blick auf ihre Milchtüte.

»Und Leo?«, erkundige ich mich mit pelziger Zunge. Als hätte ich ein paar Wattebäusche verschluckt und danach versäumt meinen Mund auszuspülen.

»Leo pisst auf eure Agentur.« Damit dreht Bobbie ab und verschwindet irgendwo in der Schülerschar.

Das war ziemlich eindeutig. *Leo pisst auf eure Agentur ...* Ob er das wirklich so gesagt hat? Und falls ja, meint er es auch so? Das wäre allerdings dramatisch. So dramatisch, dass ich alles Nette, was ich je über ihn gedacht habe, in den Wind schießen und hoffen würde, dass es niemals Gegenwind gibt, der genau diese netten Gedanken auf Umwegen zurückträgt.

Aber auch Junko scheint geschockt zu sein. Zumindest hat sie ausnahmsweise mal keinen Spruch auf Lager. Etwas deprimiert trotten wir zurück in die Klasse, wo uns zu allem Überfluss noch eine himmelschreiend schwere Bioarbeit erwartet. Eine Katastrophe kommt eben selten allein.

Nach der Schule schleift Junko mich mit zu sich nach Hause. Frau Iwaki hat Reisnudeln mit kleinen Tintenfischstücken in der Pfanne gebraten und bittet mich wie üblich kichernd und mit förmlicher Verbeugung an den Mittagstisch. Dabei tut sie auch noch so, als sei es für sie eine Riesenehre und eine Riesenfreude, ja das Größte überhaupt, mich als Gast zu haben. Ich kann mir vorstellen, dass Frau Iwaki auch ganz gerne mal mit ihrer Tochter allein essen würde, sich jedoch nicht traut es zu sagen oder ihre anerzogene Höflichkeit es ihr verbietet.

Nach dem Essen erledigen wir unsere Hausaufgaben, heute ausnahmsweise mal richtig ausführlich, danach werfen wir uns auf Junkos Bett und vergleichen unsere Beine. Junko findet ihre zu mager, ich finde, meine sehen zu sehr nach Kuchenteig aus, woraufhin Junko taktvollerweise meint: »Macht nichts. Jungs stehen auf Kuchenteigbeine.«

»Ach, und woher willst du das wissen?«, kontere ich mit säuerlicher Miene. Junko hätte ruhig mal sagen können, dass ich mir das alles nur einbilde und in Wirklichkeit überhaupt keine Kuchenteigbeine habe.

»Hab ich kürzlich gelesen.«

»Du lügst. In den Zeitschriften steht immer nur, dass Jungs auf dürre Modelbeine stehen.«

»Ach so! Du findest meine Beine also auch zu dürr?« Junko mustert mich beleidigt. Genau wie ich hat sie wohl erwartet, dass ich sie zum Mädchen mit den schönsten Beinen unserer Schule küren würde.

Eine Weile machen wir beide auf eingeschnappt. Wahrscheinlich wird es wieder mal darauf hinauslaufen, dass ich als Erste nachgebe, doch – oh Wunder – diesmal fängt Junko wie aus heiterem Himmel an zu gackern.

»Ist ja auch egal, wie unsere Beine aussehen. Verehrer haben wir schließlich auch so genug.«

Ich sehe Junko überrascht an. Dass sie nicht gerade unter Verehrermangel leidet, ist mir schon klar, aber ich –? Soweit ich weiß, bin ich das verehrerloseste menschliche Wesen, das je auf dieser Erde gesichtet wurde.

Junko gickelt eine Weile vor sich hin, dann stellt sie mit wieder todernster Miene fest: »Du bist in Leo verknallt und Leo ist in dich verknallt.«

Statt etwas zu erwidern laufe ich nochmal puterrot an.

»Siehst du! Sag ich doch!«, trompetet Junko, aber ich fahre ihr über den Mund, ich wäre kein bisschen in Leo verknallt, wie könnte ich mich denn in einen verknallen, der so übel humpelt.

Junko zieht eine Schnute. »Du könntest dich in keinen verlieben, der humpelt? Ist dir eigentlich klar, dass du damit alle humpelnden Menschen dieser Welt diskriminierst?«

Ich schlucke. Junko hat Recht. Es ist gemein, humpelnde Menschen nur deshalb nicht zu mögen, weil sie zufällig humpeln.

»Okay, ich könnte mich schon in einen verlieben, der humpelt«, räume ich ein. »Bloß eben nicht in Leo.«

»Ja, ja, schon verstanden ...« Junko grinst und grinst und grinst, was mir ziemlich auf die Nerven geht. »Aber dass er in dich verschossen ist, willst du ja wohl nicht leugnen, oder?«

Ich zucke die Achseln und gebe mich vollkommen gleichgültig. Obwohl in Wahrheit alles in mir flattert. Es wäre schon großartig, wenn auch mal ein Junge in mich verliebt wäre. Einfach damit ich weiß, dass ich zumindest *gewisse* Chancen habe, trotz dünner Haare, Pickel und frischkäsebleicher Haut.

»Interessiert dich gar nicht, woher ich das weiß?«, stichelt Junko weiter.

»Nö«, sage ich absichtlich gelangweilt. »Aber wenn du's unbedingt loswerden willst ...«

»Okay.« Junko zieht die Beine an und umschlingt sie mit den Armen. »Leo hatte dieses ganz bestimmte Glimmen in den Augen, als er gestern auf den Hof kam.«

»Wie kommst du darauf, dass dieses ganz bestimmte Glimmen mir gegolten hat? Warum nicht dir? Oder Bobbie?«

Junko wiehert. »Leo und Bobbie! Das wäre allerdings ein Knüller!«

Sie braucht eine Weile, um sich zu beruhigen, dann fährt sie mit Professorinnen-Miene fort: »Er hat nur dich angeguckt. Die ganze Zeit. Dich ganz allein!«

»Aha«, hauche ich und merke, wie mein Herz zu stolpern anfängt. Warum, ist mir allerdings schleierhaft. Nach wie vor bin ich gerade mal von Leo *angetan* und finde seine Handschrift süß. Mehr ist da nicht und wird auch nicht sein. Nie.

»Wenn er wirklich in mich verknallt wäre, würde er aber nicht auf unsere Agentur pissen«, sage ich schnell und erkläre das Thema damit für abgehakt. Über Liebe und dergleichen zu reden bekommt Junko und mir nicht. Zumal wir darüber unser eigentliches Ziel, nämlich Geld für wirklich wichtige Dinge zu verdienen, aus den Augen verlieren.

Und das ist kein Junge dieser Welt wert.

7

Sanne hat angerufen.

Sanne ruft immer an, wenn ich nicht zu Hause bin. Meistens genau in dem Moment, in dem Mama abgekämpft und mit den Nerven am Ende aus der Arztpraxis eintrudelt, und dann erinnert sie sich nur in den seltensten Fällen daran, was ihre Freundin von mir wollte. Also greife ich, kaum dass ich einen Fuß in die Tür gesetzt habe, zum Telefon und rufe zurück.

»Na? Wie läuft's mit *Trändii*?« Sanne klingt, als hätte sie tonnenweise Wackelpudding im Mund, dann schluckt sie unter Gegurgel und Geschmatze.

»*Trändii* existiert nicht mehr«, antworte ich mit Grabesstimme.

Sanne ist bestürzt. »Aber warum denn nicht? Ihr habt doch gerade erst angefangen!«

In knappen Worten kläre ich sie über das Aus unseres Secondhandklamotten-Ladens auf, und weil's so schön ist, berichte ich ihr auch noch gleich von dem kurzen Aufstieg und Fall unserer Nachfolge-Agentur *Näver äver alone*.

»Oje, oje, oje«, stöhnt Sanne daraufhin in den Hörer. Wenn mich nicht alles täuscht, hat sie schon wieder den Mund voll. »Das tut mir Leid für euch.«

Wir plaudern noch ein wenig über dies und das, dann muss ich das Gespräch beenden, weil das Abendessen fertig ist.

»Warum hast du mir gar nichts von dieser Agentur erzählt?«, fragt Mama, indem sie ausnahmsweise mal ihren Blick vom Bildschirm abwendet. »Warum muss ich das erst von Lukas und Sanne erfahren? Bin ich denn gar keine Vertrauensperson mehr für dich?«

Du bist meine Mama, denke ich, und seiner Mama erzählt man manchmal weniger als der besten Freundin oder der besten Freundin der Mutter, was gar nicht böse gemeint, sondern eine Art Naturgesetz ist. Doch statt etwas in dieser Art von mir zu geben nuschele ich nur: »Du bist doch so selten zu Hause. Außerdem ... es ist auch nicht so wichtig.«

»Selten zu Hause!«, empört sich Mama. »Ich arbeite, um dich und mich und Lukas ganz zufällig zu finanzieren.« Sie schnippt einen Krümel vom Tisch. »Und falls es dir noch nicht aufgefallen ist: Sanne schuftet auch von morgens bis abends in der Apotheke!«

Keine Ahnung, warum Mama gleich so eifersüchtig reagiert. Als könnte Sanne ihr allen Ernstes den Mutterstatus streitig machen. Aber weil ich keine Lust auf Zoff und Gemecker habe, nicke ich nur und bestreiche eine Scheibe Brot mit Butter. Mama soll sich bloß nicht so aufplustern. Manchmal hört sie nur mit halbem Ohr hin, wenn ich ihr etwas erzähle, und jetzt tut sie auf einmal, als hätte ich es versäumt, ihr meinen Hochzeitstermin mitzuteilen.

*

Am nächsten Tag haben Junko und ich schon nach der vierten Stunde frei. Grund genug, es uns gut gehen zu lassen und vor dem Mittagessen noch ein wenig durch die Fußgängerzone zu stromern. Wir lieben diese Stunden zu zweit. Klamotten angucken, Probierhappen im Supermarkt naschen oder in Sannes Apotheke Kosmetikproben abstauben.

Heute ist das Glück auf unserer Seite. Erst versorgt uns Sanne mit kleinen Selbstbräuner-Tuben (gut für den Start in den Sommer) und dann nutzt sie ihre Frühstückspause, um uns auf eine Cola einzuladen.

»Ich habe noch mal über eure Geschäftsidee nachgedacht«, verkündet Sanne, während sie im Café um die

Ecke ihren Cappuccino umrührt. »Dass ihr Jungs gegen Bezahlung *begleiten* wollt, finde ich im Prinzip keine schlechte Idee. Nur warum ausgerechnet ins Kino? Viel klüger wären doch Unternehmungen, die nichts kosten.«

Wir starren Sanne entgeistert an.

»Unternehmungen, die nichts kosten?«, wiederholt Junko wie ein Roboter. »Was denn zum Beispiel?«

»Keine Ahnung, was man in eurem Alter gerne tut. Skaten? Partys? Schwimmbad?«

Junko stößt mich in die Seite. »Hey, das ist super. Geradezu genial!«

Doch ich grunze nur in mich hinein. Nach all den Reinfällen der letzten Zeit kann ich mir kaum vorstellen, dass irgendjemand 50 Cent übrig hat, bloß um im Schwimmbad die Pickel auf meinem bleichen Rücken zu zählen. Weder Leo noch Oskar noch Bobbie.

Dennoch treffen Junko und ich uns am Nachmittag und grübeln weiter über Sannes Vorschlag nach. Junko ist immer noch der Meinung, dass es funktionieren kann – zumindest wenn uns ein guter Agenturtitel samt ebenso gutem Aktionskatalog einfällt –, und nach und nach lasse ich mich überreden.

»Aber das ist der letzte Versuch! Wenn der wieder floppt …« Ich mache eine Geste, als würde ich erst Junko und dann mich selbst köpfen.

»Abgemacht. Letzter Versuch.«

Junko drückt meine Hand. Somit ist es beschlossene Sache, der Rest bloß eine Formalität, die wir diesmal zügig und wie richtige Profis über die Bühne bringen.

Lonely Hearts lautet der Titel unseres dritten Agenturbabys – ausnahmsweise hatten Junko und ich im selben Moment denselben Geistesblitz –, der Aktionskatalog ist schnell zusammengestellt und aufgelistet:

- Mitspaziergängerin auf Blumenwiese – 50 Cent pro halbe Stunde
- Anleitung zum Comiczeichnen – 30 Cent pro Viertelstunde
- Schwimmbadbegleiterin – 1 Euro im Bikini, 50 Cent im Badeanzug, 30 Cent im Kleid, 20 Cent in Hose
- Hausaufgabenhilfe (1 Getränk inklusive) – 1 Euro und 50 Cent
- Tanzpartnerin beim nächsten Schulfest (falls irgendwann mal wieder eins stattfinden sollte) – 1 Euro

Junko und ich sind mit der geleisteten Arbeit hochzufrieden, kopieren die Werbezettel, und damit Mama nicht wieder meckert, dass ich sie als Einzige nicht informiere, bekommt sie am Abend feierlich den ersten Flyer in die Hand gedrückt.

Doch meine wertgeschätzte Mama überfliegt den Zettel bloß, dann runzelt sie die Stirn und meint mit hochgezogenen Augenbrauen, das sei ja wohl der reinste Kinderkram, und wer denn überhaupt dafür bezahlen würde, mit uns auf eine Blumenwiese zu gehen.

»Deine beste Freundin Sanne hat den Kinderkram vorgeschlagen!«, antworte ich beleidigt.

Und ich bin wirklich beleidigt. Es macht einfach keinen Spaß, seine Mutter erst großzügig einzuweihen, um sich dann doch nur so ein überhebliches Geschwätz anhören zu müssen. Aber Mama kann mich mal. Junko und ich werden die Sache durchziehen.

Strandkorb, ich komme!

8

Das Leben ist hart. Härter, als es je in dicken Bänden schwermütiger Literatur hätte beschrieben werden können.

Lonely hearts ist auch ein Reinfall. Schlimmer: eine Katastrophe. Zwei lange Nachmittage hocken Junko und ich in unserer Agentur und stieren durch die winzigen Gucklöcher nach draußen, wo nichts weiter passiert, als dass es in Strömen regnet. Kein Schwein kommt. Niemand will uns auf die Blumenwiese begleiten, keine Anmeldung fürs Schwimmbad, nichts.

Am dritten Tag taucht Oskar auf, verlegen von einem Fuß auf den anderen tretend. Ausgerechnet. Wahrscheinlich will er das Comiczeichnen buchen, um uns dann in allerletzter Sekunde zu verklickern, dass er gar keine 30 Cent übrig hat. Das wäre nur allzu typisch.

Doch Junko, ganz die fitte Agenturchefin, springt ruck, zuck auf und begrüßt Oskar herzlich. *Zu* herzlich für meinen Geschmack. Ihm die Hand hinzustrecken wäre schon mehr als ausreichend, aber Junko stellt sich zusätzlich auf die Zehenspitzen und drückt ihm so etwas wie ein Küsschen aufs Ohr. Oder halb auf die Wange. Zumindest hoffe ich ganz stark, dass sie ihre Zunge drinnen gelassen hat. Oskar das Ohr zu küssen muss nun wirklich nicht sein – auch wenn es recht sauber und eigentlich ganz wohlgeformt aussieht.

»Hi! Hallo! Sieh einer an!«, ruft sie dabei und fährt dann gestelzt fort: »Welche unserer vielfältigen Dienstleistungen möchtest du denn buchen?«

»Ähm … Ich dachte … Also …«, fängt Oskar immer wieder an ohne jedoch einen vollständigen Satz zu Stande zu bringen. Und das mit einem Notendurchschnitt von 1,2.

Bevor er noch vor lauter Verlegenheit seinen Kopf in den Holzschuppen rammt oder die Tür aus den Angeln hebt, erkundige ich mich vorsichtshalber, ob sein Taschengeld überhaupt ausreichen würde, um uns zu buchen.

Oskars Wimpern flattern. »Ja. Denke schon.«

Vorsichtshalber halte ich ihm noch einmal den Flyer unter die Nase. Vielleicht hat er in der Aufregung schlicht und einfach vergessen, was draufstand. Ein paar Minuten lang vertieft sich Oskar in die Liste, dann verkündet er lächelnd, er würde gerne die Hausaufgabenhilfe buchen.

»Die Hausaufgabenhilfe?!«, entfährt es mir mit schriller Stimme. Es ist weltweit bekannt, dass man Oskar in Sachen Schule so schnell nichts vormachen kann. Oskar ist mit Abstand der beste Schüler unseres Jahrgangs, die Intelligenzbestie, der Oberstreber der Nation.

»Bist du da auch ganz sicher?«, fragt Junko besorgt. Bestimmt zweifelt sie ebenfalls an Oskars Geisteszustand.

»Mhm«, macht der daraufhin, was vermutlich so viel wie *ja* bedeuten soll.

»Und bei wem?«, hakt Junko nach.

»Na, bei dir!«, kommt es jetzt wie aus der Pistole geschossen.

»Okay.« Ohne eine Miene zu verziehen hockt sich Junko an den Schreibtisch, um den Vertrag aufzusetzen. Als sei es völlig normal, dass Oskar ausgerechnet bei ihr die Hausaufgabenhilfe bucht.

»Und wann soll's losgehen?«, erkundigt sie sich kühl.

»Morgen?«

»Also gut.« Junko kritzelt wild auf dem Zettel herum. »15 Uhr? Die Betreuung findet hier in der Agentur statt.«

Oskar nickt, dann geht er schlurfend zur Tür und verschwindet ohne ein weiteres Wort.

Kaum ist er draußen, fange ich prustend an zu lachen. »Der ist verknallt in dich!«, johle ich. »Wenn der nicht in dich verknallt ist, fresse ich einen Besen!«

Aber Junko bleibt todernst. »So'n Quatsch. Warum sollte Oskar bitte schön in mich verknallt sein?«

»Jetzt mach aber mal 'nen Punkt.« Vor lauter Glucksen kann ich kaum sprechen. »Nenn mir einen Grund, warum du Oskar in Mathe helfen solltest. Ausgerechnet du!«

»Du bist ja wohl auch nicht besser in Mathe!«, blafft Junko mich an.

»Mich hat Oskar aber auch nicht als Hausaufgabenhilfe gebucht!«

»Na, zum Glück! Sonst würde er in der nächsten Arbeit eine Fünf schreiben!«

»Und mit deiner Hilfe schreibt er eine Sechs!«

So streiten wir eine Weile weiter, bis Junko heiser ist und ich genervt bin, weil sie immer wieder darauf beharrt, dass sich Oskar sehr wohl etwas von ihren Mathefähigkeiten erhoffen würde, andernfalls würde er ja wohl kaum einen Euro und 50 Cent opfern.

Soll sie denken, was sie will. In meinen Augen macht Junko sich da gehörig was vor.

Ansonsten taucht an diesem Tag kein weiterer Kunde auf – abgesehen von meinem heiß geliebten Bruder, der sich halb schlapp darüber lacht, dass wir unsere Dienste für noch nicht mal geplante Schulfeste anbieten. *Weiber* – so seine Ansicht – würde man auf Schulfesten zu Hunderten *abschleppen* können ohne dafür groß bezahlen zu müssen.

Soweit ich mich erinnere, hat auf dem letzten Schulfest kein einziges Mädchen mit meinem Bruder tanzen wollen. *Abgeschleppt* hat er die *Weiber* wohl nur in seiner Fantasie.

★

Auch am nächsten Tag schüttet es wie aus Eimern. Junko meint, dies sei das ekelhafteste Wetter, das sie je im Mai erlebt hätte. Und damit hat sie leider Recht. Es ist dermaßen ekelhaft, dass wir am Nachmittag keinen Schritt vor die Tür setzen können und ich zwangsläufig mit dabei sein muss, wenn sie Oskar in die hohe Kunst der Mathematik einweist.

Das wiederum will Junko nicht. Sie zetert und meckert, ich solle gefälligst solange nach Hause gehen oder mich in der Fußgängerzone herumdrücken, jedenfalls könne sie Oskar unmöglich bei Mathe helfen, wenn ich ihr die ganze Zeit im Nacken sitzen und sie belauern würde.

Erlaubt, dass ich kurz mal kichere?

Dass ich laut losgröle?

Junko kann Oskar so oder so nicht bei Mathe helfen. In Wahrheit – so vermute ich – hat sie bloß Angst, dass ich Zeugin ihres ersten Zungenkusses werde.

»Falls du es vergessen haben solltest …« Zeit, endlich mal einen härteren Ton anzuschlagen. »Wir sind gleichberechtigte Chefinnen. Du darfst mich gar nicht einfach so wegschicken. Und eine von uns muss schließlich die Kundschaft bedienen.«

Das sieht Junko ein – wenn auch ein bisschen knöternd.

Punkt 15 Uhr hämmert es gegen die Holztür und ein total durchweichter Oskar patscht herein. Das Wasser tropft in kleinen Rinnsalen aus seinen Haaren und seine Schuhe schmatzen, als wären sie mit Wackelpudding gefüllt.

»Gut. Dann wollen wir mal keine Zeit verlieren«, erklärt Junko förmlich und deutet auf den blauen Klappstuhl, den Sanne netterweise aus ihrem Schlafzimmer organisiert hat.

Oskar nickt. Während er leicht beduselt zu seinem Platz wankt, kramt er in seiner Hosentasche herum. »Wird im Voraus bezahlt?«

»Quatsch!« Junko gluckst. »Sind wir hier etwa im Puff?«

Das Wort *Puff* verhallt noch, als sich Oskars Wangen schweinchenrosarot verfärben.

»Ähm … Was zu trinken?«, schalte ich mich schleunigst ein. »Im Preis ist ja ein Freigetränk enthalten.«

Oskar nickt. Immer noch mit roter Birne.

»Wasser? Cola? Saft?«

»Saft.«

Wohl um klarzustellen, dass Oskar *ihr* Kunde ist, scheucht Junko mich mit wedelnder Handbewegung fort. Mir soll es nur recht sein. Ich stehe nicht besonders darauf, Klassenstreber von vorne bis hinten zu bemuttern. Also lasse ich mich mit einem Plumps auf meinen Campingstuhl an der Eingangstür sinken und tue, als würde ich angestrengt auf Kundschaft warten. In Wahrheit stelle ich jedoch meine Lauscher auf.

Junko rückt jetzt ihren Stuhl neben Oskar, setzt ihre Angeberbrille auf und fragt allen Ernstes: »Also gut. Wo hapert es?«

»Hast du die Aufgaben etwa schon gemacht?«, fragt Oskar zurück. Seine Gesichtsröte ist inzwischen wieder abgeklungen.

Junko nickt. »Vorhin mit Effi.«

»Dann kennst du ja die Lösungen, richtig?«

»So ist es.« Junko grinst triumphierend.

»Darf ich mal sehen?«

»Von mir aus.«

Mit einem Satz ist Junko bei ihrer Schultasche, die sie in der hintersten Ecke des Schuppens geparkt hat. Ein paar Sekunden später kommt sie mit ihrem Heft zurückgetänzelt.

»Letzte Seite«, verkündet sie, als sei es etwas unerhört Neues, dass die gerade erledigten Aufgaben auch auf der letzten Seite eines Schulheftes zu finden sind.

Oskar schlägt das Heft auf, ein seliges Grinsen umspielt seine Lippen, dann wird er plötzlich ernst. Um nicht zu sagen *todernst*.

»Nummer 43 ist aber falsch gelöst!«

»Falsch? Wieso denn falsch?«

Sofort setzt Oskar zu einer längeren Erklärung über das Wesen der Prozentrechnung an, wobei Junko und ich gleichermaßen gebannt zuhören. Und dann geschieht das Wunder: Ich, Schwester des Mutanten, Tochter meiner Mutter Heike, kapiere Mathe! Eine Sache, die mir im Unterricht bisher so gut wie nie gelungen ist. Weil der Furunkel immer viel zu schnell redet. Weil in jedem Satz mindestens zehn *Ähs* vorkommen und weil man zudem ständig auf die angetrockneten Spuckekrümel in seinen Mundwinkeln starren muss. Bei Oskar starrt man nur gebannt auf seine flatternden Wimpern, was wirklich das geringere Übel ist. Junko sitzt ebenso staunend und in geduckter Haltung da, als würde sie einen Heiligen anbeten.

Knappe 20 Minuten später sind alle Aufgaben erledigt. Das Kuriose ist allerdings, dass nicht Junko Oskar geholfen hat, sondern er uns. Eigentlich wäre dies Grund genug, unseren Kunden mit üppigen fünf bis zehn Euro zu entlohnen, doch als hätte Junko ihren Job zu Oskars vollster Zufriedenheit erledigt, steckt er wie selbstverständlich seine rechte Hand in die Hosentasche und fischt Kleingeld heraus. Im selben Moment öffnet sich die Schuppentür wie von Geisterhand und ein total durchnässter Junge, der reichlich Ähnlichkeit mit dem Mutanten hat, platzt herein. Wie ein Hund schüttelt er das Wasser aus seinen Haaren.

»Hey, ich will deine Zeichenkünste buchen!«, ruft er in meine Richtung. »Weil du ja so verdammt toll zeichnen kannst!« Höhnisches Gelächter erklingt.

»Lukas, wenn du netterweise verschwinden würdest«, zische ich meinem Bruder zu. »Wir sind mitten in der Arbeit.«

»Aber wieso? Ich bin auch ein Kunde!« Wieder gluckst und prustet er, dass die Schuppenwände beben.

Aus dem Augenwinkel sehe ich, dass Oskar gerade einen Euro und 50 Cent auf den Tisch legt.

»Dann wende dich gefälligst an Junko!«

»Gerne.«

Grinsend vergräbt der Mutant seine Hände in den ausgebeulten Hosentaschen seiner Jeans und wartet, bis Oskar, umständlich seine klammen Schulsachen unter dem Pulli verstauend, den Abgang macht. Eigentlich hätte ich erwartet, Junko würde auf der Stelle einen Lachanfall kriegen, doch nichts dergleichen passiert.

»Hi, Lukas«, begrüßt sie meinen Bruder, dann reibt sie sich die Hände und sagt an meine Adresse gerichtet: »Hey, das ist ja richtig cool gelaufen! Meine erste Nachhilfestunde in Mathe!«

»Die du bekommen hast«, ergänze ich.

»Die ich gegeben habe!«, widerspricht Junko.

Dass ich nicht lache! Junko leidet ja wohl an kompletter Wahrnehmungsverschiebung!

Es klopft erneut an die Tür, eine Sekunde später steht Leo in unserer Agentur. Diesmal bin ich diejenige, die knallrot anläuft. Wobei ich immer noch nicht weiß, warum. Nur weil ich Leos Handschrift zufällig *süß* finde? Das ist allemal kein Grund, mit derartig peinlichen Körperreaktionen aufzuwarten.

»Hallo!«

»Hallo.«

»Ach, hallo.«

»Ja, hi!«

Das waren Leo, ich, Junko und der Mutant – in genau dieser Reihenfolge. Leo macht drei Schritte vor, einen zurück und zwei zur Seite, so als würde er die Schrittfolge eines Standardtanzes proben.

»Was können wir für dich tun?«, frage ich, indem ich versuche meiner Stimme einen lieblichen Klang zu geben. Leider kommt nur blechernes Krächzen dabei raus.

»Ähm … ich … also ich wollte nur fragen, ob ich …« Leo sieht zu Boden. »… die Schwimmbadbegleitung buchen kann.«

»Klar kannst du«, tönt Junko, obwohl sie eigentlich gerade mit dem Mutanten verhandelt. »Wen von uns beiden möchtest du denn?« Sie zwitschert wie ein balzender Vogel.

»Effi.«

»Ja, das geht in Ord…«, beginnt Junko, doch ich unterbreche sie rabiat, indem ich erkläre, es täte mir Leid, aber ich hätte gerade eben einen wichtigen Auftrag angenommen. Und zwar bei Lukas. Als Zeichenlehrerin.

Drei Augenpaare gucken mich gleichzeitig verdattert an. Der Mutant, der denken muss, ja, hat sie jetzt noch alle? Junko, die wahrscheinlich dasselbe denkt. Und dann noch Leo, der sich garantiert darüber wundert, dass ich a) meinem älteren Bruder das Comiczeichnen beibringen will und b) dieses Vorhaben die ganze Schwimmbadsaison in Anspruch nehmen wird.

Kaum gedacht platzt es schon aus Junko heraus: »Aber du kannst Leo doch auch noch die nächsten Tage ins Schwimmbad begleiten!« Sie grinst breit. »Außerdem … *ich* habe schon bei Lukas zugesagt.«

Am liebsten würde ich Junko auf der Stelle erwürgen. Mir derart in den Rücken zu fallen! Aber weil ich um keinen Preis wegen Mordes verurteilt und im Gefängnis landen möchte, nicke ich nur und erkläre mit matter Stimme, ich würde selbstverständlich als Schwimmbad-Begleitung zur Verfügung stehen, allerdings erst bei besserem Wetter.

»Morgen soll die Sonne wieder scheinen«, sagt Leo prompt und mustert dabei die Decke. Wahrscheinlich hat er einen eingebauten Reflex, der ihn entweder nach oben oder nach unten gucken lässt. Geradeaus in die Augen geht nicht.

»Hose oder Kleid? Bikini oder Badeanzug?«, erkundigt sich Junko sachlich.

Ich möchte mich einfach nur entmaterialisieren. Allein die Vorstellung, mich vor Leo bis auf ein kleines Dreieck untenherum und ein Bikinioberteil obenherum auspellen zu müssen, lässt meine Beine gummiartig in sich zusammensacken. Aber auch Leo scheint es die Sprache verschlagen zu haben. Zumindest kommt außer undeutlichem Gebrummel kein Ton über seine Lippen.

»Also dann Bikini?«, forscht Junko nach, Grund genug, sie ein zweites Mal zu erwürgen.

»Ja, von mir aus«, nuschelt Leo prompt.

Auch das noch!

Kaum sind mein neuer Schwimmbadkunde und der Mutant kurz darauf endlich aus der Tür, herrsche ich Junko an, was zum Teufel das eben sollte.

»Wieso? Ich hab nur einen Auftrag für dich klargemacht«, erklärt sie mit Unschuldsmiene. »Und wenn du im Bikini auftrittst, springt nun mal am meisten dabei heraus. Ich dachte, das wäre ganz in deinem Sinne!«

»Leo ist *mein* Kunde, also handele *ich* auch die Bedingungen aus!«

Junko soll ein für alle Male begreifen, dass ich genau wie sie Sprechwerkzeuge habe, die ich hin und wieder sogar zum Einsatz bringen kann.

Die Tatsache, dass ich sehr wahrscheinlich schon morgen mit Leo ins Schwimmbad muss (und dann noch im Bikini!), zerrt derart an meinen Nerven, dass ich Junko vorschlage die Agentur für heute zu schließen. Psychisch angeknackst lässt es sich nur schwer arbeiten. Junko sieht das zum Glück ein. Vielleicht hat sie aber auch einfach keine Lust mehr, in dem klammen Schuppen herumzuhängen und Däumchen zu drehen.

Gerade als wir abschließen wollen, rückt das Dreiergespann Britta, Frenzy und Clau aus unserer Klasse an. Es würde mich sehr wundern, wenn die Mädchen etwas buchen wollten. Seit Menschengedenken sind sie so was wie unsere natürlichen Feindinnen und damit mindestens genauso ätzend wie Jana mit den stechenden Augen.

»Na, wie läuft das Geschäft?« Frenzy hat die Angewohnheit, beim Sprechen eine Haarsträhne in den Mund zu nehmen und darauf herumzulutschen.

»Och, ganz gut«, antworte ich, woraufhin Junko sich lässig erkundigt, welche unserer Dienste denn gewünscht wären.

»Ihr habt ja wohl ein Rad ab!« Clau tippt sich gegen die Stirn. »Ich kann mich selbst aufs Schulfest begleiten, kostet nicht mal was, und auf einer Blumenwiese bin ich mir auch selbst genug.«

Die drei kichern wie die Wahnsinnigen.

»Also gut.« Junko rückt ihre Brille zurecht. »Und was wollt ihr dann hier?«

»Nur mal gucken, was so abgeht«, erklärt Frenzy. Die nasse Haarsträhne flutscht aus ihrem Mund.

»Für euch geht hier gar nichts ab.« Junko drängt sich einfach an den Mädchen vorbei. »Zumindest nichts, was euch etwas angeht. Komm, Effi.«

Damit zieht sie mich mit vom Hof und bedeutet auch dem Dreiergespann das *Privatgelände* zu verlassen. Frau

Kerber – das ist Sanne – könne nämlich sehr ungemütlich werden.

Blöde Gänse. Wahrscheinlich sind sie nur auf unsere absolut hitverdächtige Agentur neidisch.

*

Zu Hause muss ich mich sofort mit einer großen Tüte Schokobonbons aufpäppeln. Leider fällt mir erst reichlich spät ein, wie ungünstig es ist, sich angesichts eines halb nackten Auftritts im Schwimmbad ausgerechnet mit Unmengen von Schokolade stärken zu wollen. Aus Schokolade wird Hüftspeck und den kann ich morgen am allerwenigsten gebrauchen.

In meiner Verzweiflung pfeffere ich die fast leere Tüte in die hinterste Ecke unseres Vorratsschranks und widme mich stattdessen der Bikini-Frage. Allerdings treibt mir allein schon der Gedanke daran den Schweiß auf die Stirn. Ich besitze nämlich kein passables Modell. Nur das Schreckensteil vom letzten Jahr. Es ist hässlich geblümt und hatte schon vor zwölf Monaten die Eigenschaft, immer und ständig eine meiner Pobacken hervorblitzen zu lassen.

Kaum dass ich den Verschluss des Bikinioberteils eingehakt habe, trete ich mutig vor den Spiegel. Ein bisschen in der Hoffung, gleich eines elfenartigen Wesens in einem traumhaft schönen Bikini ansichtig zu werden. Doch dann der Schock: Nicht nur dass sich inzwischen *beide* Pobacken ihren Weg in die Freiheit bahnen, meine Haut ist zu allem Überfluss kalkweiß. Ein wandelnder

Mozzarella, der überdies einen viel zu knappen Bikini trägt.

Eine Weile stehe ich da und überlege, was zu tun ist. Junko anrufen, um sie um Erste-Hilfe-Tipps anzubetteln? Meine Mutter fragen? Sanne? Im selben Moment fällt mir die Probiertube Selbstbräuner ein, die sie mir kürzlich erst geschenkt hat.

Ich bin schneller wieder in meinem Zimmer, als ich unter normalen Umständen laufen kann, die Gedanken galoppieren nur so durch mein Hirn. Wenn ich mich sofort damit eincreme, erstrahle ich morgen goldfarben wie eine brasilianische Schönheitskönigin. So werde ich Leo schon eher unter die Augen treten können. Egal, dass die Pobacken ab und zu mal hervorlugen.

Da die Probetube nicht besonders groß ist, muss ich mir ganz genau überlegen, welche Körperteile ich zuerst eincreme. Die Beine, ganz klar, danach die Arme, den Bauch und die unteren Partien meiner Pobacken. Mein Rücken ist nicht so wichtig (den werde ich Leo einfach nicht zeigen), mein Gesicht ebenfalls nicht (es schimmert sowieso immer rosig), also verteile ich den letzten Rest auf den Schultern, im Ausschnitt und am Hals.

Halbwegs zufrieden kleide ich mich danach wieder an. Zwar lassen sich Geist, Witz und Esprit auf die Schnelle nicht mehr einstudieren, aber Hauptsache, die Optik stimmt. Je schöner ein Mädchen, so geht die Sage, desto weniger fällt den Jungs auf, dass sie nichts als Watte im Hirn hat. Und bei mir – da bin ich mir jetzt schon sicher – wird es auch noch verklumpte Watte sein.

9

»Mama, ich will nicht aufstehen!«, jaule ich gequält ins Kissen.

Gerade ist meine Mutter laut polternd hereingekommen und behauptet, es sei schon fünf vor sieben. Meinem Gefühl nach zu urteilen ist es allerdings gerade mal vier.

»Na, komm schon! Ich koche dir auch eine Schokolade.«

Das wirkt. Zumindest ein klitzekleines bisschen.

Wie betäubt erhebe ich mich und wanke ins Badezimmer, wobei ich selbst in meinem Dämmerzustand registriere, dass ein Sonnenstrahl über den Dielenboden kriecht. Mit einem Schlag bin ich hellwach. Die Sonne scheint und das bedeutet nichts anderes, als dass heute Arbeit für mich ansteht. Mit Leo ins Schwimmbad ... Mich bis auf den Bikini ausziehen ... Herzklopfen und schwitzige Hände ...

Mit zittrigen Fingern greife ich nach der Zahnbürste und putze mir die Zähne, mit der anderen Hand versuche ich meinen Schlafanzug auszuziehen, was enorm viel Zeit spart. Normalerweise. Heute verheddere ich mich mehrfach im Bein meiner Schlafanzughose, und erst als ich endlich nackt dastehe, kommt die bittere Wahrheit ans Tageslicht: Über Nacht habe ich mich in ein Horrorwesen verwandelt, übersät mit hässlich orange-braunen Flecken. Selbst meine Handinnenflächen sehen aus, als hätte ich 17 Stunden am Stück vergammelte Möhren geputzt.

Ohne auch nur eine Sekunde zu verlieren springe ich unter die Dusche, wo ich wie eine Furie an mir herumschrubbe. Seife, Shampoo, Spülung – alles schmiere ich in verschwenderischen Mengen auf meinen Körper, doch es hat keinen Zweck. Die Flecken sind einfach nicht wegzuwaschen.

Ein paar Minuten später hämmert Mama gegen die Badezimmertür. Was ich denn so lange treiben würde und ob ich vorhätte die Wasserkosten ins Unendliche zu schrauben ... Mama hat ja Recht, und da mir mittlerweile klar ist, dass die Flecken bis zum Nachmittag keinesfalls verschwinden werden, stelle ich das Wasser endlich ab. So bedauerlich es auch sein mag – Junko muss meinen Dienst übernehmen. Ich werde an ihrer Stelle mit meinem Bruder Comics zeichnen.

Wie jeden Morgen wartet Junko am schwarzen Brett auf mich. Normalerweise umarmen wir uns flüchtig, heute jedoch kommt Junko bloß zentimeterweise mit ihrem Kopf näher und starrt meinen Hals wie eine von Warzen gezeichnete Kröte an.

»Was zum Teufel hast du da? Was sind das für komische Flecken?«

Junko will schon an meinem Hals herumwienern, aber ich schubse sie weg und ziehe den Ausschnitt meines T-Shirts höher. Ein Wunder, dass meine Mutter und der Mutant beim Frühstück nichts bemerkt haben.

»Und das da! An deiner Hand!«

»Klappe!« Kurzerhand halte ich ihr den Mund zu und zerre sie wie eine Geisel in die Toilette. Da kurz vor Unterrichtsbeginn meistens die halbe weibliche Schülerschaft vor dem Spiegel herumhängt, um sich die Rapunzelhaare zu kämmen und die Lippen mit Gloss zu beschmieren, stoße ich Junko sofort in eine Kabine. Dort mache ich kurzen Prozess, indem ich meine Hose runterlasse und ihr meine gescheckten Beine zeige.

»Himmel noch mal!« Junko weicht automatisch einen Schritt zurück. »Du musst zum Arzt! Aber sofort! Hoffentlich steckt das nicht an!«

»Das ist nur Creme«, zische ich leise.

»Creme?«, kreischt Junko dafür umso lauter. »Was denn für eine Creme?«

»Selbstbräuner. Der von Sanne aus der Apotheke.«

Junko fängt an zu glucksen. »Sag bloß, du hast das wegen Leo gemacht?«

Ich nicke nur kraftlos. Und wünsche mich weit, weit weg.

»Aber warum hast du das Zeug nicht gleichmäßig aufgetragen?«

»Wenn ich wüsste, wie das geht, hätte ich es ganz bestimmt getan!«, fauche ich, woraufhin Junko endlich mal ernst wird.

»Okay. Dann düse ich in der großen Pause schnell nach Hause und hole meine Tube. Da cremen wir die restlichen weißen Stellen einfach nach.«

»Ausgeschlossen.« Ich schüttele meinen Kopf, dass meine dünnen Haare nur so fliegen.

»Aber wieso nicht? Ich …«

»Vergiss es! Die Bräune entwickelt sich frühestens nach

vier Stunden! Und wahrscheinlich würde alles nur noch viel schlimmer werden.«

»Aber wenn du *so* mit Leo ins Schwimmbad gehst, schadest du dem Ruf unserer Agentur.«

»Eben.« Ich bin ziemlich erleichtert, dass Junko schon mal diese Erkenntnis gewonnen hat. »Deswegen musst du ja auch meinen Job übernehmen und ich übernehme deinen.«

»Das ist jetzt nicht dein Ernst!«

»Doch. Mein voller Ernst!«

Junko seufzt. Und putzt sich die Nase. Und rückt ihre Brille zurecht.

Erst dann nickt sie.

»Gut. Aber bloß dieses eine Mal. Wehe, du baust wieder so einen Mist!«

Den Schultag überstehe ich nur, indem ich unentwegt den Ausschnitt meines T-Shirts höher ziehe und gleichzeitig meine Hände in den langen Ärmeln verstecke. Alle anderen *gebräunten* Körperteile sind glücklicherweise durch die Kleidung verdeckt.

Nach der sechsten Stunde knallt die Sonne immer noch erbarmungslos vom Himmel. Pech. Denn es bedeutet, dass Leo wie abgesprochen Punkt drei in unserer Agentur auf der Matte stehen wird, um mich zum Schwimmbad abzuholen.

»Wir müssen uns etwas einfallen lassen, weshalb du nicht mitkommen kannst«, erklärt Junko mit gekrauster Stirn. »Am besten tauchst du mit dickem Schal um den Hals auf und behauptest, du hättest dir gerade eine

Erkältung eingefangen. Das wird Leo schon verstehen.«

Wohl oder übel laufe ich kurz vor drei in unserer Agentur auf. Mit dickem Wollschal um den Hals.

Leo und der Mutant lauern schon vor verschlossener Tür.

»Was ist denn mit dir passiert?«, ruft mein Bruder.

»Halsschmerzen«, krächze ich.

»Wieso denn das auf einmal? Vorhin warst du doch noch ganz fit.«

»Jetzt bin ich es aber nicht mehr.« Mit bestimmt kolossal verzerrtem Gesicht wende ich mich an Leo: »Bist du sehr sauer, wenn Junko heute …?«

Doch schon poltert der Mutant los: »Und wer bringt mir dann bitte schön das Comiczeichnen bei?«

»Na, ich!«

»Ausgerechnet du! Du zeichnest wie eine Vierjährige!«

Junko kommt in einem kurzen Blümchenkleid übers Agenturgelände getänzelt. Ihre samtigen Haare flattern im Wind, ebenso das Kleid, das ihre schmale Taille betont.

Der Mutant starrt. Leo starrt. Und ich stehe wie ein unförmiges Emu, überflüssigerweise mit dickem Wollschal um den Hals, daneben. Na klasse. Wahrscheinlich wird sich Leo heute Hals über Kopf in Junko verlieben. Wenn es nicht bereits passiert ist.

»Effi hat die Änderungen schon bekannt gegeben?«

»Hat sie«, nuschelt Leo und kann seine Augen nicht von Junkos feenhafter Erscheinung lassen.

»Mit meiner neuen Zeichenlehrerin bin ich aber nicht einverstanden«, schaltet sich der Mutant ein. »Ich hatte Junko gebucht und damit basta.«

Junko sieht einen Moment ratlos aus, dann schlägt sie vor, Lukas solle doch einfach mit ins Schwimmbad kommen, da würde sie eben mit ihm Comics zeichnen und Leo parallel im *Bikini* begleiten. Vorausgesetzt die Jungs wären damit einverstanden.

Leo nickt, wobei es mir allerdings so vorkommt, als sei er nicht hundertprozentig mit der Lösung zufrieden, und der Mutant scheint froh zu sein wenigstens ein bisschen Junko abzubekommen. Seltsam, seltsam. Dann zuckeln die drei tatsächlich los. Ich bleibe in der Agentur zurück und halte die Stellung. Einsam, schlecht gelaunt und mit hässlichen Kuhflecken auf der Haut.

Nach einer halben Stunde öden Wartens taucht Henri aus meiner Klasse auf und will Junko fürs noch gar nicht geplante Schulfest buchen, ansonsten passiert nichts weiter. Außer dass sich ein immer mieseres Gefühl in mir breit macht. Als Junko mit den beiden Kunden um halb fünf immer noch nicht zurück ist, stelle ich fest, dass es wohl so etwas wie Eifersucht ist. Während ich hier sinnlos herumhänge, vergnügt sich Junko gerade mit Leo im Schwimmbad ... Ein Glück, dass wenigstens der Mutant mit von der Partie ist und somit hoffentlich verhindert, dass aus den beiden direkt vor Ort ein Paar wird.

Kurz vor halb sechs beschließe ich die Agentur für heute zu schließen. Als hätte Junko gerochen, dass ich einfach blaumachen will, kommt sie exakt in diesem

Moment auf den Hof geschwebt. Ihre Haare klatschen nass an Rücken und Schultern und ihr Kleid sieht zerknautscht aus wie nach einem dreistündigen Knutschmarathon. Mindestens.

»Na, war's schön?«, erkundige ich mich, indem ich mich um einen lockeren Tonfall bemühe.

»Sehr schön.« Junko grinst reichlich angestrengt. »Und? In der Zwischenzeit was passiert?«

Während ich ihr die neue Buchung mitteile, regt sich ein Teil meines Hirns fürchterlich darüber auf, dass sie nichts weiter als *sehr schön* gesagt hat. *Sehr schön* bedeutet alles, aber auch nichts.

»Wahnsinn! Unsere Agentur boomt ja richtig!« Junko zupft ihr Nichts von Blümchenkleid zurecht. »Und dich hat keiner gebucht?«

»Nein. Stell dir vor ...«

Es ist schon erniedrigend genug, dass alle Welt auf Junko scharf ist, es allerdings auch noch aussprechen zu müssen ist die reinste Schmach.

Auch auf dem Nachhauseweg will Junko nicht damit rausrücken, was im Einzelnen passiert ist. Worüber man geredet hat, wie Leo in Badehose aussieht, wie es parallel mit dem Comiczeichnen gelaufen ist – all das interessiert mich brennend, doch Junko lächelt nur verklärt. Und lächelt. Und lächelt. Erst als sich unsere Wege trennen, nuschelt sie mir ins Ohr: »Keine Sorge. Ich schnappe ihn dir schon nicht weg.«

Ich will noch protestieren, sie könne mir ja wohl kaum jemanden wegschnappen, der mir gar nicht gehöre und auf den ich noch nicht mal ansatzweise scharf sei, aber da ist Junko schon auf und davon.

Umso nervöser bin ich, als ich wenig später zu Hause eintrudele. Informationsquelle Nummer zwei, der Mutant, ist schon da; zumindest dröhnt Musik aus seinem Zimmer.

»Effi, möchtest du lieber Milchreis oder Spaghetti?«, ruft Mama aus der Küche.

»Egal!« Ohne Umschweife platze ich in Lukas' Zimmer.

»Verdammt!«, kommt es aus seinem Bett. »Kannst du nicht anklopfen?«

»Erzähl. Wie war's im Schwimmbad?« Atemlos lasse ich mich neben ihn fallen.

»Nett.«

»Wie nett?«

»Na, nett.«

Lukas denkt gar nicht daran, mal von seinem Gameboy hochzusehen.

»Hat Junko mit dir Comics gezeichnet?«

»Klar.«

»Und was genau?«

»Mangas.«

Tatsächlich zieht er ein paar zerknitterte Zeichnungen aus seiner Sporttasche. Allerdings sind dort keine Mangas zu sehen, allenfalls Krakeleien von Kindergartenkindern im Vollrausch.

»Und was hat Junko mit Leo gemacht?«, frage ich und tue so, als würde ich die Kunstwerke fasziniert begutachten.

Jetzt sieht Lukas hoch und grinst wie ein Breitmaulfrosch. »Hemmungslosen Sex, vermute ich. Die beiden sind nach dem Rumkritzeln jedenfalls ziemlich schnell verschwunden.«

Mir wird auf einmal ganz flau. »Und wohin?«

»Keine Ahnung. Wer bin ich denn, dass ich anderen Leuten nachspioniere?«

Das war eine eindeutige Ansage.

Und ich bin erledigt. Wahrscheinlich für den Rest meines Lebens.

*

Den ganzen Tag in der Schule wüte ich vor mich hin, erst am Nachmittag springe ich über meinen Schatten und beschwere mich bei Junko darüber, dass sie sich seit gestern so bedeckt hält. Wenn ich eins nicht ausstehen kann, dann Freundinnen, die den Status der Busenfreundin für sich beanspruchen, sich in Wirklichkeit jedoch mieser als der mieseste Bruder aufführen.

Junko nimmt ihre Lesebrille ab, haucht sie an, reibt ein bisschen daran herum und setzt sie wieder auf. Dabei schaut sie so todernst drein, als wolle sie mir eröffnen, dass sie und Leo demnächst in den heiligen Stand der Ehe treten werden.

»Leo hat gleich noch die Blumenwiese hinterhergebucht«, erklärt sie dann. »Für übermorgen.«

»Aha.« Ich brauche erst mal einen Moment, um mich zu sammeln. »Fand er es so schön mit dir im Schwimmbad?«

Junko nickt.

»Und du mit ihm auch?«

Wieder nickt Junko wie ferngesteuert.

»Heißt das etwa, du bist in ihn verschossen?« Meine Stimme wackelt und dann passiert das Unfassbare. Junko nickt ein drittes Mal.

Weil ich nicht weiß, was ich sonst tun soll, springe ich auf und laufe aus dem Schuppen, um nach Luft zu schnappen, dann kehre ich wieder zurück. Keine Ahnung, warum, aber Junko hat auf einmal Tränen in den Augen, gleichzeitig beben ihre Schultern.

»Oh, Gott, was ist denn los?«

Eine Sekunde später weiß ich, was los ist. Junko hat einen derartigen Lachanfall, dass ihr schmaler Körper gerüttelt und geschüttelt wird.

»Du miese Kuh! Du veräppelst mich die ganze Zeit!«

»Ich wusste es doch!«, johlt Junko. »Du bist in ihn verknallt! Du bist ja so was von verknallt!«

»Gar nicht wahr!«

»Doch! Und wie!«

Wütend knete ich meine Hände. »Außerdem ist es verboten, Kunden anzugraben!«

Junko kramt jetzt eine Tüte Reiscracker aus ihrer Tasche und bietet mir davon an, doch ich lehne mit einer schroffen Handbewegung ab. Nie wieder will ich auch nur einen einzigen Cracker oder ein erbärmliches Gummibärchen von ihr haben!

»Jetzt hör mal zu.« Junko kaut und schmatzt und malmt. »Ich war gestern eine Runde mit Leo schwimmen und habe mit deinem Bruder alberne Comics gezeichnet. Das war alles.«

Ich sehe sie verdattert an. »Und danach? Wo warst du danach?«

»Bummeln. Mich ganz schrecklich amüsieren. Und vor allem …« Junko kichert. »Dich zappeln lassen!«

»Du bist absichtlich später gekommen?«

Für den Bruchteil einer Sekunde huscht ein gemeines Grinsen über Junkos Gesicht, was wohl so etwas wie eine Bestätigung ist.

»Aber warum? Wozu?«

»Damit du kapierst, dass du nicht vor deinen Gefühlen davonlaufen kannst.«

Das hört sich jetzt derart schwülstig an, dass ich laut losgrölen muss.

»Was weißt du denn schon von meinen Gefühlen?«

»Genug, um dir zu raten, übermorgen mit Leo auf die Blumenwiese zu gehen.«

»Aber er hat *dich* gebucht!«

»Nein, dich! Ich hab dich vorhin veräppelt. War ein blöder Scherz.«

Junko sieht jetzt so ernst aus, dass ich gar nicht anders kann als ihr zu glauben. Dennoch: Den Dreifach-Schock muss ich erst mal verdauen. Dass Junko mich angelogen hat, mein Bruder ebenfalls, und dann noch die Sache mit Leo …

10

Der Tag der Blumenwiese beginnt damit, dass es wieder mal wie aus Eimern schüttet. Einerseits bin ich erleichtert (zumal meine Kuhflecken noch nicht völlig verschwunden sind), andererseits aber auch enttäuscht. Vielleicht wäre es doch ganz nett gewesen, ein paar Minuten mit Leo allein zu sein. Einfach nur so.

Doch schon in der großen Pause wendet sich das Blatt. Nach und nach verziehen sich die Wolken und lassen hin und wieder ein Stückchen blauen Himmel hervorblitzen. Als es erneut zur Stunde klingelt, fängt uns Oskar am Schulkiosk ab.

»Junko, hast du heute noch freie Termine?«, erkundigt er sich mit ketchuproten Ohren.

»Ich denke schon.« Sie rückt ihre Intelligenzbestienbrille zurecht. »Wieder für die Mathebetreuung?«

Oskar schüttelt den Kopf. »Blumenwiese.«

»Ähm«, macht Junko. »Die ist aber schon mit Effi und Leo belegt.«

»Wie? Die ganze Wiese?« Oskar knipst ein schiefes Grinsen an.

Junko nimmt mich beiseite und raunt mir zu, ob es mir etwas ausmachen würde, wenn sie heute ebenfalls mit Oskar auf der Wiese auftauchen würde.

»Nein, Quatsch, wieso?«

Um ehrlich zu sein, bin ich fast ein wenig erleichtert. Allein die Vorstellung, dass Junko ebenfalls da ist – wenn auch in einigen Hundert Metern Entfernung –, gibt mir

Sicherheit. Falls Leo zudringlich werden sollte ... Nur mal zum Beispiel ...

Ein paar Stunden später schlottern mir dennoch die Knie. Ob nun Blumenwiesen- oder Schwimmbadbegleiterin, in beiden Fällen sollte man in der Lage sein, ein halbwegs peppiges Plauderstündchen zu bestreiten. Und genau da hapert es bei mir. Eine spritzige Unterhalterin bin ich nur in meinen Träumen.

Aber jetzt läuft die Sache, es gibt kein Zurück. Punkt drei tauchen Oskar und Leo gleich im Doppelpack auf. Ob zufällig oder nicht, es macht vieles leichter. Da Junko von Natur aus ein Plappergenie ist, überlasse ich ihr das Reden. Vorläufig. All die langen Minuten, in denen wir die Verträge aufsetzen, die Agentur abschließen und zu Fuß Richtung Wiese aufbrechen. Junko quasselt. Über Prozentrechnung, übers Wetter, über die Ampelschaltung – Leo, Oskar und ich hängen derweil an ihren Lippen, als würde sie ein neues Evangelium verkünden.

Hinter der Fußgängerzone biegen wir links in die Schlossstraße ein, noch 300 Meter bis zum Schloss, dann trennen sich unsere Wege.

»Tschau«, ruft Junko.

Quasi im selben Atemzug hakt sie sich bei Oskar unter und zieht ihn mit sich fort.

»Tschau«, erwidere ich mit tonloser Stimme.

Auch wenn Leo wirklich süß aussieht und mich sein Humpeln nicht die Bohne stört, würde ich es trotzdem nie wagen, mich einfach bei ihm unterzuhaken.

Forschen Schrittes schlagen Junko und Oskar einen kleinen Pfad ein, der direkt zum Weiher führt. Ich will den beiden ganz automatisch folgen, aber Leo dirigiert mich in die entgegengesetzte Richtung.

Mein Herz bubbert.

Die ersten 100 Meter legen wir schweigend zurück. Nach weiteren 100 Metern schweigen wir immer noch. Erst als die peinliche Stille unerträglich wird, räuspere ich mich laut und vernehmlich. Alles in der Hoffnung, dass Leo vielleicht mal anfängt ein geistvolles, witziges und espritgetränktes Gespräch in Gang zu bringen. Aber Pustekuchen. Leo ist stummer als ein Schweigemönch. Er humpelt und schweigt und humpelt und schweigt, während ich mir nichts sehnlicher wünsche als endlich aus diesem Albtraum zu erwachen. Voller Neid beobachte ich Junko, wie sie in der Ferne wild gestikulierend ihren Job erledigt, wohingegen ich schlicht und einfach versage. Kein Wunder, wenn Leo nach dieser Aktion die Nase von mir voll hat.

Als ich es gar nicht mehr aushalte, würge ich schließlich hervor: »Schönes Wetter, oder?«

»Ja, superklasse!« Leo wirkt einen Moment richtig erleichtert.

Bevor das Schweige-Drama erneut seinen Lauf nehmen kann, fahre ich fort: »Was für ein Glück, dass es schon heute Morgen so viel geregnet hat!«

»Ja, wirklich ein Riesenglück.«

»Sonst würden wir nasse Füße kriegen.« Mein Lachen klingt scheppernd.

»Öhm«, macht Leo jetzt. Gleichzeitig hebt er sein Bein wie ein Hund und befühlt unter umständlichen Verrenkungen den Stoff seiner Turnschuhe. »Die *sind* nass. Noch von heute Morgen.«

»Dann kehren wir besser um? Nicht dass du dich noch erkältest.« Kaum ausgesprochen, wird mir klar, dass ich gerade wie meine eigene Mutter geklungen habe – peinlich, peinlich. Doch Leo schüttelt nur den Kopf und schweigt, was zur Folge hat, dass mein Sprachzentrum wie auf Kommando wieder komplett ausfällt.

Dabei ist es wirklich wunderschön hier. Das Gras duftet, überall leuchten gelbe Butterblumen, dazwischen wie hingetupft kleine weiße Gänseblümchen. Und dann der Himmel! Knallblau wie Königstinte, nicht ein einziges Wölkchen in Sicht.

Junko und Oskar sind inzwischen nur noch als winzige (Händchen haltende?) Punkte am Horizont zu erkennen. Mir liegt im Moment nichts ferner als mit Leo Händchen zu halten. Allein bei dem Gedanken rücke ich ein paar Zentimeter von ihm ab und werfe einen verstohlenen Blick auf die Uhr. Noch 15 Minuten – eine wahrscheinlich niemals enden wollende Viertelstunde.

Wir reden weiterhin nicht viel in der verbleibenden Zeit, es sind auch keine weltbewegenden Dinge, die wir besprechen, aber insgeheim bin ich froh, dass Schweigemönch Leo überhaupt mal das ein oder andere Wort ausspuckt.

Kurz bevor wir wieder den Ausgangspunkt unserer Tour, den Schlossplatz, erreichen, geht Leo plötzlich in die Hocke und zupft ein paar Blümchen ab. Die sind ja wohl für seine Omi, Mutter oder Tante, vermute ich, doch nur Sekunden später drückt er sie mir mit der vereinbarten Bezahlung in die Hand.

»Vielen Dank, Effi«, sagt er dabei förmlich.

Natürlich möchte ich mich mit einem ebenso formvollendeten »Der Dank ist ganz auf meiner Seite« oder »Nicht zu danken« revanchieren, aber gerade als ich den Mund öffnen will, kitzelt es verdächtig in meiner Nase und schon platzt ein schleimiger Nieser heraus.

»Oh, Gesundheit.« Leo salutiert, indem er seine Hand zackig an die Stirn legt, dann macht er sich ohne ein weiteres Wort aus dem Staub.

Ich bleibe mit dem flauen Gefühl zurück, nicht nur neuerdings gegen Wiesenblümchen allergisch zu sein, sondern als wahrscheinlich miserabelste Blumenwiesen-Begleiterin in die Geschichte einzugehen.

11

Die nächsten Tage versinken Junko und ich in tiefster Schwermut. Junko, weil ihr Dienst auf der Wiese angeblich der reinste Knüller war, ihr Kandidat aber nicht noch einmal auftaucht, ich, weil ich befürchte Leo bis in alle Ewigkeiten vergrault zu haben. Im schlimmsten aller Fälle erzählt er brühwarm herum, wie holprig ich daherrede und dass ich schleimige Nieser von mir gebe, und dann wäre es meine

Schuld, falls unsere Agentur schon bald das Zeitliche segnet.

Junko versucht die Dinge von der sachlichen Seite aus zu betrachten. Bei nur mittelmäßigem Wetter wie im Moment würden die Jungs eben nicht ins Schwimmbad oder auf die Wiese gehen, sondern schlicht und einfach vor der Sportschau hängen, wo sie ja nun wirklich keine weibliche Begleitung nötig hätten. Comiczeichnen sei den meisten wohl zu anstrengend und das nächste Schulfest sei noch nicht mal geplant. Bloß das fehlende Interesse bei der Hausaufgabenhilfe mache sie stutzig. Und das bei ihren Fähigkeiten ... (Darf ich kurz mal kichern?)

Eine ganze Woche vergeht, ohne dass wir nennenswerte Aufträge verbuchen können. Nur eine Schwimmbadanfrage kommt (in Hose für 20 Cent) – allerdings wird Junkos Wenigkeit gewünscht.

Ich bin schon nahe dran, alles hinzuschmeißen, als mich Leo in der großen Pause abfängt und sich mit Blick auf seine Turnschuhe erkundigt, ob er mich für den Nachmittag als Blumenwiesen-Begleiterin buchen könne.

»Einen Moment.« Ich tue so, als müsste ich angestrengt nachdenken, dann nicke ich. »Ja, dem dürfte eigentlich nichts im Weg stehen. Um vier auf dem Schlossplatz?«

Junko lacht quiekend, als ich ihr direkt vor der Biostunde von der eben erfolgten Buchung erzähle, und meint, da würde uns ja wohl bald ein neues Liebespaar ins Haus stehen.

»So ein Unsinn!«, fauche ich. »Ich komme nur meiner Arbeit nach! Genau wie du bei Oskar.« Jetzt bin ich diejenige, die fies auflacht. »Der Klassenstreber und die Möchtegern-Mathematikerin – das wäre allerdings auch ein nettes Pärchen.«

»Spinnst du?! Oskar sieht aus wie ein Furz!«

»Okay, aber wie ein Furz mit schönen Wimpern.«

Zum Glück kommt in diesem Moment unsere Biolehrerin Frau Rieger rein, sonst wäre unsere kleine Auseinandersetzung womöglich noch in einen handfesten Streit ausgeartet. Und wenn ich eins nicht leiden kann, dann mit der besten Freundin im Clinch zu liegen.

*

Damit die *Blumenwiese, Teil zwei* nicht wieder im völligen Chaos endet, erarbeite ich nach dem Mittagessen – hastig zwischen Hausaufgaben und Aufbruch – einen Gesprächskatalog. Mögliche Themen sind demzufolge:

– Leos Gehbehinderung (nach dem Unfall fragen)
– seine Eltern
– Hobbys
– Musikgeschmack

Doch kaum steht mein Kunde dann vor mir, ist mein Kopf wieder wie leer gefegt.

»Gehen wir?«, fragt Leo mit einem Gesichtsausdruck, als müsse er sich ganz schrecklich überwinden meine Dienste in Anspruch zu nehmen.

Wir laufen los (schweigend!), ich rechne schon mit dem Allerschlimmsten (noch schrecklicheres Schweigen als beim letzten Mal!), da stellt Leo auf einmal die weltbewegende Frage, ob ich eventuell/möglicherweise/vielleicht gegen Blumen allergisch sei.

»Nö ... Äh ... Nicht dass ich wüsste«, antworte ich stockend, während ich gleichzeitig darüber nachgrüble, ob sich Leo vielleicht ebenfalls eine Liste zurechtgelegt hat. Vorsichtshalber. Anders ist es kaum zu erklären, dass er auch danach ziemlich flüssig weiterredet. Erst berichtet er von seiner Allergie gegen Hunde, Kaninchen und Meerschweinchen, dann schließt er ein komplettes Referat über Hunderassen an.

»Du magst Hunde ziemlich, oder?«, unterbreche ich seinen Redeschwall.

Leo zuckt die Achseln und stolpert ein paar Schritte voraus. »Katzen sind mir eigentlich lieber, aber Dad will nicht, dass wir uns ein Haustier anschaffen.«

»Und deine Mutter?«

»Lebt mit ihrem neuen Freund zusammen. In Österreich.« Seine Schultern rutschen bis zu den Ohren.

»Aha«, mache ich und überlege, ob es vielleicht angebracht wäre, Leo zu erzählen, dass ich genau wie er mit nur einem Elternteil vorlieb nehmen muss.

Doch da sagt Leo mitten in meine Gedanken hinein: »Dein Vater ist auch weg. Stimmt doch, oder?«

Ich nicke und wundere mich darüber, woher Leo das weiß. Schließlich trage ich kein Brandmal auf der Stirn *Vater hat das Weite gesucht, als ich gerade mal zwei Jahre alt war.*

»Und ... wie ist das so für dich?«, frage ich mit Blick auf Leos Rücken. Erst jetzt fällt mir auf, dass er einen prall gefüllten Rucksack mit sich herumschleppt. Irgendwie merkwürdig. Ich habe zumindest nie den halben Hausstand dabei, wenn ich kurz mal Wiesenduft schnuppern gehe.

»Super. Echt super.« Er verzieht das Gesicht zu einem übertriebenen Grinsen und schiebt leise nach: »Außer dass ich meine Ma manchmal ganz schön vermisse.«

Zum ersten Mal überhaupt kommt mir in den Sinn, dass ich meinen Vater vielleicht doch vermisse. Zumindest ein bisschen. Aber das kriege ich nicht über die Lippen. Weil ich dann im selben Moment losheulen müsste. Garantiert.

»Und du?« Leo schielt mich von der Seite an.

»Ich find's auch super«, murmele ich. »Immerhin gibt's nur eine Person, die einem Vorschriften machen kann.« Und das ist noch nicht mal gelogen.

Eine kleine Schweigepause tritt ein. Krampfhaft versuche ich meine Themenliste abzurufen, doch leider umsonst. Vor meinem geistigen Auge erscheint nichts weiter als ein leeres Blatt Papier, kariert. Gerade als sich der karierte Bogen in einen linierten verwandelt, auf dem ebenfalls nichts steht, geht Leo ruckartig in die Knie, öffnet seinen Rucksack und zerrt eine Kamera heraus. Ein ziemlich beeindruckendes Exemplar sogar, auf das er jetzt ein schweres Objektiv schraubt.

»Was dagegen, wenn ich ein paar Fotos schieße?«

»Nein, natürlich nicht.«

Wenn er knipst – so meine Überlegung –, brauche ich zumindest nicht ununterbrochen Programm zu machen. Allerdings fährt mir nur einen Atemzug später der Schreck in die Glieder. Was, wenn er *mich* fotografieren will? Unsinn, beruhige ich mich sofort wieder. Warum sollte Leo ausgerechnet von mir Fotos machen wollen, wo die Wiese so herrlich blüht, der Himmel tintenblau ist und sogar ein paar Schmetterlinge um uns herumflattern? Ich bin nur bleich, verpickelt und habe dünne Haare.

»Lauf doch bitte mal ein Stück vor«, ruft Leo und richtet die Kamera wie einen Revolver auf mich.

Mein Herz fängt an zu pochen, wild und stolpernd, da drückt er auch schon ab. Klick, klick, klick macht es immer wieder, ich schaffe es nicht mal mehr, meine Gesichtsmuskeln zu entkrampfen und ein halbwegs nettes Fotogesicht aufzulegen.

»Leo, lass doch!«, will ich rufen, aber meine Stimme bleibt auf halber Strecke im Hals stecken.

»Und Cheese!«

Leo winkt mir albern zu, woraufhin ich ganz automatisch meine Zähne blecke und inständig hoffe, dass der Spuk bald ein Ende hat. Oder dass die Kamera defekt ist oder Leo wenigstens vergessen hat einen Film einzulegen.

Aber es kommt noch schlimmer: Leo denkt nämlich überhaupt nicht daran, mit der Knipserei aufzuhören. Wie ein Profifotograf drückt er in rasendem Tempo auf den Auslöser, wobei er gleichzeitig immer näher kommt. Als er kaum noch einen Meter von mir entfernt ist, juckt es auf einmal in meiner Nase und schon muss ich niesen.

Es folgt ein zweiter Nieser, ein dritter, bevor eine ziemlich schmadderige und schleimige Niesattacke einsetzt.

Wie unendlich peinlich!

Könnte ich nur im Erdboden versinken!

»Also doch gegen Wiesenblumen allergisch«, stellt Leo nüchtern fest, nachdem ich mich endlich wieder in ein halbwegs menschliches Wesen zurückverwandelt habe. Was für ein Glück, dass er nicht angewidert an seinem Fotoapparat herumwischt.

Ich hebe entschuldigend die Schultern und in der Hoffnung, dass die Zeit bald um ist, schiele ich auf die Uhr. Wohl ein bisschen zu auffällig, denn Leo fragt prompt, ob für heute schon Schluss sei. Zum ersten Mal überhaupt sieht er mich dabei an. So ganz ernst. Und plötzlich finde ich ihn zum Anknabbern süß. Seine Augen sind so grünblau wie die Meeresoberfläche (oder wie Junkos Teppichboden), ganz zu schweigen von seinem Lächeln, das vermutlich Eisschollen in der Antarktis zum Schmelzen bringen kann.

Damit nicht alles noch peinlicher als peinlich wird, räuspere ich mich umständlich: »Ja, ich glaube, wir sollten langsam umkehren.«

Leo nickt nur und hängt sich seine Kamera um den Hals. So zuckeln wir Seite an Seite (und wieder schweigend) zurück. Wie gut, dass Junko nicht noch neben uns herläuft. Mit ihrem messerscharfen Verstand würde sie bestimmt schlussfolgern: »Hey, Effi! Erschieß mich von mir aus, aber du siehst ganz schön verknallt aus!«

Und ich müsste dann sagen: »Ausnahmsweise hast du

mal Recht, Junko, ich *bin* verknallt. Wenn auch erst seit zwei Minuten.«

Gerade als ich das denke – wir sind schon fast beim Schloss –, spüre ich einen Luftzug in meinem Nacken, ich sehe noch, wie sich Leo zu mir runterbeugt, dann – schwups – presst er mir einen Kuss auf den Mund. Einen weichen, warmen und reichlich feuchten Kuss, der gleich mehrere Kurzschlüsse in meinem Körper auslöst. Doch statt irgendeinem himmlischen Wesen dafür zu danken hole ich automatisch mit der Hand aus und ballere Leo eine. Der zuckt erschrocken zurück, murmelt ein hastiges »Sorry«, drückt mir die Bezahlung in die Hand und zischt wie der Blitz davon.

Meiner aktuellen Gefühlslage entsprechend hätte ich Leo zurückküssen müssen, ihm vielleicht noch seufzend in die Arme fallen sollen, um ihm ein brunftiges *je t'aime* ins Ohr zu hauchen, aber was mache ich Trottel? Das Gegenteil von dem, was man gemeinhin unter zärtlicher Annäherung versteht.

Mit hängendem Kopf trabe ich langsam weiter. Mein erster Kuss, und den habe ich gründlich vermasselt. Kein Wunder, dass meine Laune von Sekunde zu Sekunde tiefer in den Keller stürzt.

Auf dem Schlossplatz lungert der Mutant herum, die Hände in den Taschen seiner Sportjacke vergraben. Normalerweise bin ich nicht besonders erpicht darauf, ihm auch noch außerhalb unserer Wohnung über den Weg zu laufen, heute jedoch kommt er mir wie gerufen. Hauptsache, irgendjemand vertreibt meine üblen Gedanken.

»Na, war's nett auf der Wiese?«, erkundigt er sich mit verschlagenem Grinsen, wofür ich ihm gleich einen Tritt geben könnte.

»Ja. Ging so.«

»Ist ja überhaupt ein Wunder, dass euch jemand für so einen Pipikram bucht.«

»So. Meinst du.« Mir ist jetzt nicht nach sinnlosen Rededuellen zu Mute. Ich will einfach nur ein menschliches Wesen an meiner Seite haben, selbst wenn es sich um den Mutanten handelt.

Doch dann scheint mein Bruder einem Sinneswandel zu erliegen und er sagt aufmunternd: »Na ja ... Wer weiß ... Vielleicht macht ihr mit eurem Laden ja doch noch mal das ganz große Geschäft.«

12

Wie Recht der Mutant behalten soll, kriegen Junko und ich gleich am nächsten Tag zu spüren.

Wie üblich laufen wir Punkt drei in der Agentur ein. Bereits ein paar Minuten später setzt ein derartiger Besucherstrom ein, dass wir uns nur wundern. Aus unserer Klasse tauchen gleich fünf Jungen auf, aus der Parallelklasse drei, selbst aus Lukas' Jahrgang quetschen sich noch ein paar Gestalten in den Schuppen. Ein einziges Durcheinander.

»Anstellen!«, brüllt Junko. »Und Ruhe!«

»Aber dalli!«, motze ich hinterher, woraufhin die Jungs tatsächlich eine ordentliche Reihe bilden und ihr lautstarkes Dahingelabere etwas runterfahren. Mir steckt die Blamage mit Leo noch derart in den Knochen, dass es mir nur gut tut, einfach mal Dampf abzulassen. Junko gegenüber habe ich den missratenen Kuss mit keinem Sterbenswörtchen erwähnt. Viel zu peinlich.

»Hallo, Ulli«, höre ich sie flöten. »Was kann ich für dich tun?«

»Die Blumenwiese, bitte. Heute. Mit Effi. Ginge das?«

»Ja, kein Problem.«

Auch das noch, denke ich. Schon wieder Blumenwiese. Und ausgerechnet mit dem Aufschneider Ulli.

Komischerweise wollen auch die beiden nächsten Kandidaten die Blumenwiese buchen. Peter – er geht in Lukas' Jahrgang – übernimmt Junko, Alf aus der Parallelklasse wird für den späten Nachmittag ebenfalls bei mir eingetragen.

So geht es in einem fort. Eine Blumenwiesen-Bestellung folgt auf die nächste, Junko und ich verteilen Termine für die ganze Woche nicht ohne uns immer wieder darüber zu wundern, dass die Jungen Gräser und Gestrüpp auf einmal so prickelnd finden. Erst kurz vor vier stehen sämtliche Termine – ein paar Hausaufgabenbetreuungen und Lesedienste sind auch mit dabei –, dann trete ich meine Schicht bei Ulli an, Junko ihre bei Hanno, einem zerbrechlich wirkenden Rothaarigen aus Lukas' Jahrgang.

Kaum biegen Ulli und ich in den Pfad hinter dem Schloss ein, werde ich von einem derart flauen Gefühl überrumpelt, dass ich beinahe wieder umkehre. Auch wenn ich weiß, wofür ich das alles tue, macht es mir nicht den geringsten Spaß. Eigentlich hätte ich jetzt lieber Leo an meiner Seite, aber den habe ich ja erfolgreich vergrault.

Ulli berichtet derweil bester Laune von seinen Frühjahrsferien, die er mit seinen Eltern auf Hawaii verbracht hat. Unter anderem ist er beim Tauchen nur mit größter Mühe einem weißen Hai, einer giftigen Viper und zu guter Letzt einem Krokodil entkommen. Ich lasse die garantiert erstunkenen und erlogenen Schilderungen einfach an mir vorbeirauschen. Offen gestanden bin ich nur froh darüber, dass Ulli den Alleinunterhalter abgibt und ich nicht mit Geist, Witz und Esprit glänzen muss. Stattdessen beobachte ich Junko, die sich in einiger Entfernung mit Hanno verlustiert. Gerade schlägt sie ein Rad, so dass ihr Rock hochfliegt. Ich würde es ja nicht erlauben, dass sich Ulli meine Unterhose ansieht. Nicht mal wenn ein Strandkorb samt Badekabine winken würde.

»Hey, du kannst ruhig auch mal was sagen!«, platzt Ulli in meine Gedanken. »Immerhin bezahle ich dich für deine Begleitung!«

»Tschuldigung …«, nuschele ich und unterdrücke einen Niesanfall. Dann lüge ich: »Was du alles im Urlaub erlebt hast, ist so irre spannend … Mensch … Da bleibt einem glatt die Spucke weg!«

Ulli lächelt geschmeichelt und plappert sofort weiter. Die ganze Strecke bis zum Weiher runter und zurück. Diesmal spielen ein mannsgroßer Bär und ein weißer Tiger die Hauptrollen. Dass er nicht auch noch von einem Schäferstündchen mit einem Dinosaurier schwafelt, ist wohl ein Zeichen dafür, dass er mich netterweise nicht für vollkommen meschugge hält.

Als es kurz vor Beendigung unserer Tour ans Bezahlen geht, passiert es. Ulli beugt sich in einer Blitzaktion nach vorne und pflanzt mir einen sabberigen Kuss auf den Mund. Bevor er sich noch an mir festsaugen kann, reiße ich mich los und klebe ihm eine. Diesmal allerdings mit Karacho und aus voller Überzeugung.

»Was soll das?«, schreie ich. »Was bildest du dir ein?«

Ulli taumelt einen Schritt zurück. »Wieso, ich dachte ... Küssen gehört mit dazu.«

»Blumenwiese ist Blumenwiese!«, keife ich völlig außer mir. »Und keine Kusswiese! Oder steht im Vertrag vielleicht was von einer Kusswiese?«

»Ach so. Nee. Tut mir Leid.« Ulli hebt entschuldigend die Hände, drückt mir das Geld in die Hand und macht, dass er wegkommt.

Zweimal tief durchatmen, dann schleiche ich wie betäubt weiter und versuche meine Gedanken zu sortieren. Mich hat noch nie ein männliches Wesen geküsst und jetzt ist es gleich zweimal hintereinander passiert. Auch wenn die Sache mit Ulli wirklich ekelhaft war, muss ich dennoch ein bisschen grinsen. Immerhin werde ich nicht mehr *ungeküsst* das Zeitliche segnen – so viel ist sicher.

Als ich wenig später beim Schloss ankomme, traue ich meinen Augen nicht: Junko und der Rothaarige stehen voreinander, er hat seine Arme um ihre Hüften geschlungen, sie ihre Arme um seinen Hals – so sind sie in einen Kuss, Marke *Fünffach hält besser*, versunken. Das Spektakel dauert nahezu eine halbe Minute, dann lösen sie sich voneinander. Hanno bezahlt und beide gehen pfeifend ihrer Wege.

Ich eile Junko nach und reiße sie an der Schulter herum.

»Ach du. Hi!«

Junko strahlt, als habe sie in Hanno gerade die große Liebe ihres Lebens gefunden. Was, wenn man es nüchtern betrachtet, unwahrscheinlicher ist, als dass der Mond mit der Sonne kollidiert.

»Du hast eben Hanno geküsst!«, platzt es aus mir heraus. Eigentlich hatte ich es ein bisschen eleganter formulieren wollen.

»Ja, hab ich. Na und?«

»Und er hat dir Geld dafür gegeben!«

»Natürlich.« Junko putzt lässig ihre Brille. »Wo liegt das Problem?«

»Das ist doch ekelhaft!«, explodiere ich und vergesse schnell mal eben, dass es bei Leo und mir im Grunde nicht viel anders war.

»Ich fand's aber schön.« Die Brille landet wieder auf ihrer Nase. »Und außer dass dabei ein paar Spuckebazillen ausgetauscht werden, spricht doch nichts dagegen.«

Ich schätze, Junkos Verstand ist kurz mal eben ausgetreten. Bleibt nur zu hoffen, dass er in absehbarer Zeit auch wieder zurückkehrt.

»Hör mal, Kleines.« Junko legt mir gönnerhaft ihren Arm um die Schulter. »Hast du schon wahnsinnig viel geküsst in deinem Leben?«

Ich schüttele den Kopf. Eigentlich wäre jetzt der Moment gekommen, ihr von Leos und Ullis *Anwandlungen* auf der Wiese zu erzählen, doch irgendwie bringe ich den entscheidenden Satz nicht über die Lippen.

»Siehst du! Ich auch nicht. Also wird es langsam Zeit, dass wir ein bisschen Übung kriegen.«

»Wozu denn?«, frage ich. »Wenn man später mal einen Freund hat, wird man schon von ganz allein Kussprofi.«

Junko verdreht die Augen. »Aber Übung hat noch keinem geschadet. Das ist bei Klassenarbeiten doch auch nicht anders.«

Mir entfährt ein Gluckser. Soweit ich weiß, besteht zwischen Rumknutschen und Klassenarbeitenschreiben immer noch ein himmelweiter Unterschied.

»Außerdem macht Küssen Spaß! Das ist ja wohl Grund genug, es zu tun.«

»Aber doch nicht mit Hanno!«

Junko zuckt die Achseln. »Warum nicht mit Hanno? Er ist schließlich kein Monster.«

»Sag bloß, du bist in ihn verknallt!«

»Um Gottes willen, nein!«

Mir reicht es für heute. Bisher war ich immer der Meinung, Junko sei meine beste Freundin, meine Seelenverwandte, die ähnlich denkt und fühlt wie ich, doch nun hat unsere Beziehung von jetzt auf gleich einen Knacks bekommen. Vielleicht – und das wäre wirklich schlimm – ist Junko sogar genauso hohl wie Britta, Frenzy und Clau oder so gemein wie Jana mit den stechenden Augen.

Während wir zur Agentur zurückkehren – Junko ohne Atempause über das Küssen als solches philosophierend –, versuche ich krampfhaft meinen Groll und meine Trauer runterzuschlucken. Es tut weh, sich eingestehen zu müssen, dass die beste Freundin anscheinend doch völlig anders tickt als man selbst, ohne dass man es bisher überhaupt gemerkt hat.

Auf dem Hof vor dem Schuppen warten bereits Alf und Peter, unsere neuen Kunden. Grund genug, laut loszuheulen, einen Tobsuchtsanfall zu kriegen oder unsere Agentur kurz und klein zu schlagen. Zum zweiten Mal an diesem Tag über die Wiese schlendern. Sich wieder Geschichten über Haie und andere Bestien anhören müssen. Allergisch herumniesen und eventuell sogar wieder spuckig geküsst werden, während die Hausaufgaben noch nicht mal zur Hälfte erledigt sind.

Mieser als mies gelaunt breche ich mit meinem nächsten Blumenwiesen-Kandidaten auf, doch zum Glück trumpft Alf nicht unentwegt mit Heldengeschichten auf, sondern unterhält sich ganz normal über Dinge wie Schule, Sport und Musik. Alles in allem erträglich. Erst als wir fast wieder beim Schloss angelangt sind, kommt das dicke Ende. Als hätte sich Alf mit Leo und Ulli abgesprochen, schnellt sein Kopf nach erfolgter Bezahlung vor und er presst mir in einer wahnwitzigen Überrumpelungsaktion einen Kuss auf den Mund. Auch diesmal kreische ich sofort los, er solle ja seine Pfoten wegnehmen, sonst würde ich auf der Stelle die Polizei rufen. Zum Glück reicht die bloße Androhung, damit Alf von mir ablässt. Allerdings beschimpft er mich noch als blöde Kuh, als Zicke, die sich ja ganz schön anstellen würde.

Völlig aufgewühlt tauche ich wenig später in der Agentur auf. Was ist nur in die Kerle gefahren, dass sie mich einer nach dem anderen bespeicheln müssen? Zwei Minuten später platzt Junko in den Schuppen. Mit Grinsemund. Was schon mal sehr verdächtig ist.

»War's schön?«, erkundige ich mich.

»Allerdings.« Junko schürzt die Lippen. »Wenn du's genau willst: Peter hat mich auch geküsst.«

Wie von der Tarantel gestochen fahre ich von meinem Campingstuhl hoch. »Das ist doch nicht dein Ernst!«

»Bingo! Und halte mir jetzt bitte nicht wieder einen moralischen Vortrag!«

Ich rüttele an Junkos Schulter. »Da stimmt doch was nicht! Irgendwas ist da faul!«

»Wieso, was soll daran nicht stimmen?« Gut gelaunt schwenkt sie eine pralle Gummibärchentüte.

»*Alle* Blumenwiesen-Kandidaten haben uns bisher geküsst ...«

Junko fällt die Gummibärchentüte aus der Hand. »Wie meinst du das – alle? Soll das etwa heißen, dass ...«

»Ganz genau«, unterbreche ich sie, indem ich Charlie Brown auf meinem Sweatshirt streichele. »Leo hat mich geküsst, Ulli hat's als Zweiter versucht und jetzt auch noch Alf.«

Während Junko die Tüte wieder aufsammelt, fängt sie wiehernd an zu lachen. »*Du* hast *drei* Jungen geküsst?«

»Nein! Drei Jungen haben *mich* geküsst!«

»Aber das ist doch toll! Ich dachte immer, du wolltest, dass sich mal einer erbarmt.« Sie klopft sich vor Lachen auf die Schenkel, was ich jedoch ziemlich unangebracht finde.

»Und die Sache kommt dir gar nicht merkwürdig vor?«

»Weiß nicht …« Endlich wird Junko mal ernst. »Vielleicht steht irgendetwas auf den Werbezetteln oder in den Verträgen, das man missverstehen könnte.«

Sofort ist Junko am Tapeziertisch und durchwühlt die Papiere.

»Ulli dachte zumindest, Küssen gehört ganz automatisch mit dazu.«

»Das würde auch den plötzlichen Ansturm auf unsere Agentur erklären«, überlegt Junko.

Doch dann hält sie mir einen der Flyer unter die Nase und meint: »Ganz normal formuliert.«

Ich überfliege den Text und kann ebenfalls nichts Verdächtiges entdecken. Keiner von uns hat in einem Anfall geistiger Umnachtung dazugeschrieben, dass man uns einfach küssen darf. Sozusagen als Gratiszugabe.

»Komisch, komisch«, murmele ich.

Junko lässt sich auf dem Schreibtisch nieder und schlägt ihre Beine elegant wie eine Diva übereinander. »So komisch ist es nun auch wieder nicht. Dank meiner ranken und schlanken Beine bin ich offensichtlich total begehrt.«

Ich zeige ihr einen Vogel. Meine Kuchenteigbeine haben die Jungs auch nicht vom Küssen abgehalten. Die Sache ist und bleibt dubios.

»Und jetzt?«, frage ich.

»Wir machen weiter. Ist ja wohl keine Frage.«

»Aber ich bin doch nicht bescheuert und lasse mich von all diesen Typen küssen!«

Doch Junko springt vom Schreibtisch runter und erklärt: »Effi, die Agentur boomt gerade wie verrückt! Da wird nicht gekniffen!«

»Trotzdem. Ich küsse nicht. Und Punkt.« Trotzig verschränke ich die Arme vor der Brust.

»Also ich hab nichts dagegen«, erwidert Junko grinsend, »allein der Übung wegen ...«

»Ich hab's aber nicht nötig, zu üben!«

»Du willst ja wohl nicht behaupten, dass du nach drei halbwegs missratenen Küssen schon Kussexpertin bist, oder?«

Langsam geht mir Junkos Gefasel auf die Nerven. »Ich will keine Kussexpertin werden, sondern Geld für einen Strandkorb verdienen!«

»Und dafür musst du eben arbeiten.«

»Genau, arbeiten! Aber nicht küssen! Und wenn das neuerdings dazugehört, steige ich eben aus.«

Junkos Augen verengen sich zu Schlitzen. »Du kannst aber nicht einfach so aus unserem Vertrag raus.«

»Ach nein? Das werden wir ja sehen!«

Sofern mich mein Gedächtnis nicht im Stich lässt, habe ich mich noch nie richtig mit Junko gefetzt – von kleinen Kabbeleien mal abgesehen. Und jetzt das.

Um Junkos vergrätztes Gesicht nicht länger ertragen zu müssen, gehe ich schnell vor die Tür. Ich könnte heulen. Nichts ist schlimmer als Stress mit der besten Freundin!

Ein paar Minuten später kommt Junko nach. Ihrem Gesichtsausdruck nach zu urteilen geht der Streit auch an ihr nicht spurlos vorbei.

»Was machen wir denn jetzt?«, fragt sie.

»Es bleibt dabei. Ich küsse nicht gegen Bezahlung!«

»Gut, dann …« Junko zieht die Stirn kraus. »… übernehme ich eben die Blumenwiesen-Kandidaten und du die Hausaufgabendienste.«

»Und warum sagen wir den Jungs nicht gleich, dass Küssen nicht drin ist?«

»Gegenfrage: Warum soll ich es nicht ausnutzen, dass alle Jungs momentan was von mir wollen?« Junko lächelt, als hätte sie den ganzen Mund voller zuckersüßer Bonbons.

»Tu, was du nicht lassen kannst«, erkläre ich in schneidendem Tonfall. Wenn meine beste Freundin sich unbedingt mit Hans und Franz küssen will, bitte sehr.

»Dann sind wir uns einig, dass du erst mal meine Hausaufgabendienste übernimmst? Als Nächstes steht Oskar auf der Liste …« Höre ich da ein leises Bedauern in ihrer Stimme?

»Ich soll Oskar bei Mathe helfen? Das ist ja wohl lachhaft!«

»Genauso lachhaft wie bei mir.« Und hastig fügt sie hinzu: »Aber gut, ich kümmere mich schon um ihn.«

»Kommt gar nicht in Frage! Du hast ja wohl schon genug mit den Blumenwiesenjungs zu tun!«

Den Gefallen, dass sie sich wieder auf die Zehenspitzen stellt, um Oskar das Ohr zu bespeicheln, werde ich ihr nicht tun.

»Na gut«, mault sie. »Aber benimm dich.«

Obwohl mir Junko eine Sekunde lang zulächelt, bleibt ein ziemlich flaues Gefühl der Enttäuschung in meinem Bauch zurück.

Eine eingebildete und zudem kusswütige Kuh zur Freundin – prost Mahlzeit.

13

»Stimmt das, was Sanne erzählt hat?«, erkundigt sich Mama am nächsten Morgen beim Frühstück. »Die Kunden stehen neuerdings bei eurer Agentur Schlange?«

»Mhm, läuft gerade ganz gut«, nuschele ich in mein Marmeladenbrot. »Nachhilfe zieht eben immer.«

Der Mutant lacht prustend los, woraufhin ich ihm sofort einen warnenden Blick zuwerfe. Ich weiß zwar nicht, *was* er genau weiß, aber *dass* er etwas weiß, ist sonnenklar.

»Nachhilfe?« Mama klingt zu Recht skeptisch. »In welchen Fächern denn?«

»Englisch und Deutsch«, sage ich schnell. Das müsste Mama mir abkaufen. In beiden Fächern stehe ich auf einer glatten Zwei.

»Na, was für eine sinnvolle Freizeitbeschäftigung!«, flötet mein Bruder gemein grinsend. Er wäre wirklich die optimale Besetzung für den Fiesling in einer Fernsehserie.

Um nicht weiter Rede und Antwort stehen zu müssen, verdrücke ich mich rasch ins Bad. Haare zusammenbinden, Zähne putzen und heimlich Mamas Rouge auflegen. Das ist auch mehr als nötig, denn nach der halbwegs schlaflosen Nacht sehe ich aus wie eine Leiche. Zu dumm, dass mir die Sache mit Junko so nahe geht.

Auch in der Schule wird es nicht besser. Irgendwie hatte ich gehofft, Junko sei über Nacht zur Besinnung gekommen, aber Pustekuchen. In der großen Pause kichert und gluckst sie die ganze Zeit vor sich hin und meint, sie freue sich riesig, all meine Kandidaten *abzugreifen*. So würde sie sich *bis zum ersten Kollaps durchküssen* und wäre hinterher so erfahren, dass sie eine wissenschaftliche Abhandlung über die Technik des Küssens zu Papier bringen könne. Selbstverständlich wäre ich die Erste, die sie damit beglücken würde.

»Du bist doch die blödeste Kuh, die mir je untergekommen ist!«, fauche ich bloß.

»Ach ja? Die wirklich allerblödeste?« Lächelnd nimmt Junko ihre Brille von der Nase und haucht dagegen.

»Ganz genau! Und die widerwärtigste dazu! Wie kann man nur so schwachsinnig daherreden, wie du es tust!«

»Ach so. Na ja. Wenn das so ist …« Junko putzt die Gläser – immer noch lächelnd –, dann setzt sie die Brille wieder auf, dreht sich um und zischt wie eine Rakete davon.

Soll sie nur die beleidigte Leberwurst spielen. Von mir aus.

»Zoff?«

Betty huscht, auf einem fettigen Brot herumknurpsend, an mir vorbei. Aus dem Augenwinkel sehe ich, dass sich ihre Busenfreundinnen Clau und Frenzy nur ein paar Meter von uns entfernt eins ins Fäustchen lachen.

»Was geht dich das an?«

»Ich weiß, wie mies man sich fühlt, wenn die beste Freundin …«

»Gar nichts weißt du!«, falle ich ihr ins Wort und will ebenfalls wie eine Rakete abzischen, aber Betty hakt sich jetzt bei mir unter, indem sie ihre garantiert fettigen Finger an meinem Ärmel abwischt.

»Hör zu. Wenn dir Junko Stress macht … Frenzy, Clau und ich würden gerne als Teilhaberinnen in die Kussagentur mit einsteigen.« Ihr Lächeln ist süßlich, um nicht zu sagen schmierig-klebrig. »Kohle brauchen wir schließlich alle!«

»Kussagentur? Was denn für eine Kussagentur?«, trompete ich so laut, dass einige von den Jüngeren stehen bleiben und ihre Lauscher aufstellen.

Mit der anderen Hand schiebt sich Betty jetzt den letzten Happen in den Mund und sagt dann völlig ungerührt: »Wieso – weiß doch inzwischen jeder, dass ihr gegen Bezahlung küsst.«

»Küssen gegen Geld! Du spinnst ja wohl! Schalt bitte erst mal dein Gehirn ein, bevor du so einen Mist daherredest!«

Je lauter ich werde, desto wiehernder lacht Betty. Dabei hat sie Recht. Ich *habe* geküsst bzw. mich küssen lassen und abkassiert. Wenn auch unfreiwillig. Und Junko will es weiterhin tun. Freiwillig.

Irgendein ziemlich gemeines Wesen muss das Gerücht von der Kussagentur in Umlauf gebracht haben. Nur wer? Einer der Kusskandidaten selbst? Betty, Frenzy und Clau? Jana mit den stechenden Augen? Oder gar Junko? Ich weiß mir einfach keinen Reim darauf zu machen.

Die zweite Hälfte des Schultages sitzen Junko und ich nebeneinander ohne auch nur ein einziges Wort miteinander zu wechseln. Junko meldet sich pausenlos, was mir ziemlich auf den Keks geht. Im Gegensatz zu gestern scheint es ihr noch nicht mal ansatzweise etwas auszumachen, dass wir gerade im Clinch liegen. Im Gegenteil: Es sieht so aus, als würde es sie geradezu beflügeln. Schon wieder fliegt ihr Arm hoch, sie schnipst mit Daumen und Mittelfinger, und als unsere Deutschlehrerin Henne sie drannimmt, legt sie eine Gedichtinterpretation hin, die mich vor Neid erblassen lässt.

Zu allem Überfluss fängt mich auch noch der Mutant nach der Sechsten ab, um mich in einer Tour belabernd zum Bus zu zerren. Wann denn endlich mit dieser kindischen Agentur Schluss sei, seine Freunde wären ja gar nicht mehr ganz klar im Kopf, was wir uns eigentlich davon versprechen würden und so weiter und so fort …

»Kindische Agentur? Du warst doch einer der Ersten, der bei uns gebucht hat.« Vor mir im Bus sitzt ausgerechnet Simon Hofer aus unserem Haus, der sich nur alle Jubeljahre die Haare wäscht und mit seinem Fettkopf gerade den ganzen Bus verpestet.

Der Mutant windet sich wie ein Aal. »Aber nur, um mal zu gucken, was da so abgeht … was Mädchen in eurem Alter so treiben.«

Ich zeige ihm einen Vogel und weise ihn höflichst darauf hin, dass er als mein Bruder sehr gut darüber Bescheid wisse, was Mädchen meines Alters so *treiben* würden.

»Soll ich dir was sagen? Du bist ja nur auf Junko scharf.«

»Pfff … Mädchen mit Brille findet kein Mensch scharf!«

»Wie du meinst …« Ich mustere ihn von der Seite und sehe, dass seine Ohren auf einmal wie Signallichter leuchten. Ziemlich verräterisch.

»Jedenfalls … Also ich finde … ihr könntet den Laden jetzt langsam mal wieder dichtmachen.«

»Ach, und warum?«, frage ich, wobei mir durch den Kopf geht, dass mir mein Bruder ja eigentlich aus der Seele spricht. Vielleicht ist er ja auch nur eifersüchtig darauf, dass so viele Jungs Junko küssen.

»Och … Nur so.«

»Und das soll ich dir abkaufen?«

Der Mutant klappt mechanisch den Aschenbecher auf und zu. »Ich find's halt total bescheuert …«

»*Was* findest du bescheuert?«

Der Bus bremst so scharf, dass Lukas' Kopf gegen die Lehne des Vordersitzes donnert. Dennoch hält es ihn nicht davon ab, weiterzureden: »Dass die Jungs immer bei euch rumhängen und kaum noch jemand zum Fußi kommt.«

Aha. Daher weht der Wind. Weil sämtliche Jungs des Ortes es vorziehen, bei Junko Schlange zu stehen, um mit ihr eine Art Zungenballett einzustudieren, muss mein armer Bruder allein über den Fußballplatz kicken. Was für ein grausames Schicksal …

*

Trotz der angespannten Situation finde ich mich am Nachmittag in der Agentur ein.

»Na, war's schön mit Betty?«, erkundigt sich Junko.

Sich einen kleinen Schminkspiegel vorhaltend schmiert sie sich ellenlang Lipgloss auf die Lippen. Wozu eigentlich? Um ihn sich sowieso gleich wieder abküssen zu lassen?

»Ja, unglaublich schön«, antworte ich pampig, während ich mich darüber wundere, woher Junko überhaupt von meinem unfreiwilligen Plausch mit Betty weiß. Wahrscheinlich hat sie sich irgendwo versteckt und uns beobachtet. Also fahre ich so gelassen wie möglich fort: »Sie ist wirklich nett. Würde sich prima als beste Freundin eignen.«

»Aha. Soso. Na dann.«

Mehr wird nicht geredet, was auch nur gut so ist. Denn was gibt es zwischen mir und Junko schon noch groß zu besprechen? Hätten wir nicht eine gemeinsame Agentur, wäre ich längst über alle Berge.

Zum Glück dauert es nur ein paar Minuten, bis sich *mein* Blumenwiesen-Kandidat Emil einfindet, dem Junko gleich an der Schuppentür wortreich erklärt, warum ich nicht mitgehen könne (sehr ansteckende Angina, dazu Eiter in der Mundhöhle, Pusteln auf der Zunge und Herpes an den Augenlidern). Damit Emil meiner ekligen Körperleiden nicht ansichtig werden muss, drücke ich mich derweil im hintersten Eckchen des Schuppens herum und warte, dass die beiden endlich abziehen.

Eine Runde durchatmen, da taucht schon Oskar auf.

»Hi! Hallo! Grüß dich!«, rufe ich so übertrieben, wie Junko das immer tut. Als i-Tüpfelchen setze ich auch noch eine Iwaki'sche Verbeugung drauf.

Oskar guckt mich einen Moment perplex an, dann huscht sein Blick durch den Schuppen. »Wo steckt denn Junko?«

»Die ... äh ... musste leider meinen Dienst übernehmen. Dafür mache ich mit dir Mathe.«

»Aha.« Oskar sieht alles andere als begeistert aus, was mir einen gewaltigen Stich versetzt. Nicht dass ich in Oskar verknallt wäre, nur könnte mein Charme schon ein bisschen umwerfender sein.

»Und warum?«

»Ich hab eine Allergie gegen Wiesenblumen«, presse ich hervor. Logischerweise kann ich ihm weder etwas von meiner Abneigung gegen jedwede Fremdküsserei sagen noch Herpes an den Augenlidern vorschieben.

»Aber ...«

»Ich weiß, Oskar. Ich bin zufällig eine Niete in Mathe. Junko kann's aber auch nicht viel besser.«

»Allerdings.«

Mit dem Anflug eines Grinsens sinkt Oskar auf den Besucherstuhl. Ich bin kurz davor, ihn zu fragen, warum er nicht etwas anderes gebucht hat, das Comiczeichnen zum

Beispiel oder die Blumenwiese, lasse es dann aber lieber. Verknallte Menschen scheinen Dinge zu tun, die kein anderer nachvollziehen kann.

»Und was jetzt?«, frage ich. »Ich mein, wir könnten trotzdem Mathe machen. Natürlich musst du nicht bezahlen.«

Oskar nickt geistesabwesend.

»Mit wem ist Junko eigentlich auf der Wiese?«

»Mit Emil.«

Oskars Gesicht wird immer länger. »Der Riese aus der Zehn? Der mit dem Piercing?«

Ich nicke.

»Aber *ich* hatte sie gebucht! Ehrlich gesagt finde ich das ziemlich …« Er erhebt sich und huscht zur Tür. »Ist ja auch egal. Soll sie doch küssen, wen sie will.«

»Halt! Warte!«

An der Gartenpforte hole ich Oskar ein und stelle mich ihm in den Weg.

»Ich muss dich mal was fragen. Sagt dir der Begriff *Kussagentur* was?«

»Na klar.«

»Und was?«

»Hör mal, willst du mich veräppeln?«

»Nein, das ist mein voller Ernst.«

»Also gut.« Oskar hält seine Schulsachen wie einen Schutzschild vor seinen Bauch. »Zufälligerweise steht eine der beiden Chefinnen gerade vor mir. Seit kurzem kann man alles Mögliche buchen, Küssen inklusive. Zumindest wenn man die Blumenwiese nimmt.«

»Nein!«, schreie ich. »Kein Küssen!«

»Kein Küssen?« Oskar ist so verdattert, dass ihm eines seiner Schulhefte aus den Armen rutscht und geradewegs in eine Pfütze fällt.

»Wer zum Teufel sagt das?«

»Jeder. Ging doch rum wie ein Lauffeuer.«

Während Oskar sein Heft aus der Pfütze klaubt, muss ich mich erst mal kurz an der Gartenpforte festhalten. Denn wie Schuppen fällt mir von den Augen, dass eigentlich nur ein Mensch auf dieser Welt das Gerücht gestreut haben kann. Mein Blumenwiesen-Kandidat Leo, seines Zeichens Schweigemönch. Und zwar einzig und allein, um sich an meiner Ohrfeige zu rächen. Dass ich nicht eher darauf gekommen bin!

»Vielen Dank, Oskar.« Ich öffne die Pforte und schubse ihn mit sanftem Druck nach draußen.

Um den Schock besser verdauen zu können, plündere ich Junkos Gummibärchentüte. Alles hätte ich Leo zugetraut, nur nicht, dass er so miese Spielchen auf Lager hat. Ein Gummibärchen nach dem anderen landet in meinem Magen, und als mir vollends schlecht ist, kommt endlich Junko von ihrem Dienst zurück.

»Na? Gut geküsst?«, frage ich kühl.

»Na? Viel Spaß bei Mathe gehabt?«, entgegnet Junko noch eine Nuance kühler.

»Danke. Rasend viel Spaß.«

»Ach, Effi … Wäre nett, wenn du dir deine Gummibärchen demnächst selbst kaufen würdest.«

Gerade noch war ich kurz davor, Junko von meinem

Gespräch mit Oskar und meiner Vermutung zu erzählen – jetzt ist mir die Lust mit einem Schlag vergangen.

Knappe fünf Minuten später wird Junko zu ihrer zweiten Schicht abgeholt; für mich ist wieder nur Däumchendrehen und Stellunghalten angesagt. Aus lauter Not knüpfe ich mir die Matheaufgaben vor, doch leider kann ich mich so gar nicht konzentrieren. Ständig kommt mir der zweite Spaziergang mit Leo in den Sinn. Das duftende Gras, die Fotosession, dann der missratene Kuss …

Es klopft.

»Ja?«

Knarrend öffnet sich die Tür. Wie in einem Gruselmärchen, wo sich gleich der böse Wolf hereinschleicht. So ganz falsch liege ich mit meiner Vermutung nicht, nur dass der böse Wolf Menschengestalt hat, Leo heißt und einen Fotoapparat in der Hand hält.

Herzkasper. Schweißhände. Hitzige Wangen.

Obwohl das alles gleichzeitig eintritt, versuche ich eine Eismiene aufzulegen. Leo guckt mit Eismiene zurück. Nichts von dem weichen Lächeln, das sonst immer seinen Mund umspielt.

»Hallo«, würge ich hervor. »Was kann ich für dich tun?«

»Einmal die Blumenwiese, bitte.«

»In Ordnung.« Am ganzen Körper flatternd krame ich nach den Auftragslisten. Leo will mich buchen! Vielleicht ist er gar nicht mehr sauer! Will alles aufklären! Sich entschuldigen!

»Wann denn?«, frage ich.

»Egal. Weiß ja nicht, wann Junko Zeit hat.«

Rums – dreht sich mein Magen einmal um sich selbst. Wie kann er nur! In meiner Gegenwart dreist meine beste Freundin buchen!

»Hm … Sieht schlecht aus«, sage ich mit einer Stimme, die nach knarrender Schuppentür klingt. »Junko ist ziemlich ausgebucht.«

Eine Chance soll Leo noch kriegen, um sich das Ganze zu überlegen, doch der hundsgemeine Kerl kratzt sich ausführlich am Kopf und sagt dann allen Ernstes: »Macht nichts. Ich kann warten.«

Ich sehe hoch, einen Moment treffen sich unsere Blicke, woraufhin mein Magen schon wieder einen Salto schlägt. Sofort guckt Leo weg, er humpelt einmal quer durch unsere Agentur und fotografiert die Decke, die er ja vor einigen Tagen schon voller Begeisterung angestarrt hat.

Mir bleibt derweil nichts anderes übrig als tatsächlich einen Termin rauszusuchen. Damit es nicht so auffällt, dass ich eben gelogen habe – die nächsten Tage ist Junko alles andere als komplett ausgebucht –, schlage ich Freitag, 16 Uhr, vor.

»Freitag, 16 Uhr. Geht klar.«

Leo hebt die Hand zum Gruß, an der Tür fährt er jäh herum, hält den Fotoapparat auf mich und drückt ab.

Auch dafür würde ich ihm liebend gerne ein paar ballern.

14

Wie wenig Spaß das Leben macht, wenn man mit der besten Freundin spinnefeind und zudem unglücklich verknallt ist, wird mir in den nächsten Tagen erstmals so richtig klar. Die Stunden in der Schule sind öde bis schrecklich, die Nachmittage noch öder und schrecklicher, zumal der Mutant unentwegt stänkert und meine Mutter durch Abwesenheit glänzt. Während Junko einen Dienst nach dem anderen schiebt, hocke ich nutzlos in der Agentur herum und darf Kuss-Termine für die *Queen* ausmachen. Für mich springt nur ein einsamer Hausaufgabentermin bei Ulli raus.

Besagter Freitag geht schon mal gut los. Da Junko und ich die Pausen neuerdings getrennt verbringen, drehe ich meistens eine Runde auf dem Schulhof und gucke, ob ich mich bei irgendeinem Mädchen-Grüppchen aus unserer Klasse einklinken kann. So auch heute. Gerade als ich mich zu Katrin und Anna gesellen will, sehe ich sie: Junko und Jana in ein inniges Gespräch vertieft. Ich hätte Junko ja einiges zugetraut, nicht jedoch, dass sie hinter meinem Rücken mit unserer ärgsten Feindin anbändelt.

»Was war das heute Morgen mit Jana?«, fauche ich sie an, kaum dass wir am Nachmittag in der Agentur aufeinander treffen.

»Ach gar nichts.« Junko tanzt wie der sterbende Schwan durch den Schuppen. »Jana möchte nur in die Agentur mit einsteigen.«

»Wie bitte?? Was?? Kannst du das noch mal wiederholen??«

»Du hast schon richtig verstanden. Und wenn du dich weiterhin so affig aufführst, schmeiße ich dich raus und mache Jana zu meiner Teilhaberin.« Triumphierend stopft sich Junko eine Hand voll Gummibärchen in den Mund.

»Das darfst du gar nicht über meinen Kopf hinweg entscheiden!«, ereifere ich mich. »Außerdem könnte ich genauso gut dich rausschmeißen und stattdessen Frenzy, Clau und Betty einstellen!«

Junko erstarrt. »Hab ich's mir doch gedacht. Du machst gemeinsame Sache mit denen.«

»Und wennschon«, erwidere ich aus purem Trotz. Sollen Junko vor Angst ruhig ein bisschen die Knie schlottern.

Bevor wir uns weiter anzicken können, klopft es und Leo steckt seinen Kopf zur Tür herein.

»Aber hallo! Wen haben wir denn da?!« Junko breitet theatralisch ihre Arme aus, so als wollte sie Leo gleich an ihren Snoopy-Busen drücken.

»Hallo. Hi.« Schüchternes Winken – einmal in Junkos Richtung, einmal in meine, dann wendet sich Leo Junko zu und fragt: »Gehen wir?«

»Bin schon zur Stelle.« Junko wirft sich ihre Jeansjacke über die Schultern, wünscht mir einen angenehmen Nachmittag, dann schiebt sie Leo derart zielstrebig aus dem Schuppen, dass ich keine Möglichkeit mehr habe, ihm noch einmal in die Augen zu sehen. So richtig, meine ich. Bis vielleicht kleine Herzchen darin aufglimmen.

Die Tür fällt ins Schloss und ich breche in Tränen aus.

Hätte ich einen Wunsch frei, würde ich mich in ein Leben beamen, in dem es keine Leos, keine Eifersucht und schon gar keine blöden besten Freundinnen gibt.

Eine Weile stehe ich heulend und schniefend da, dann schnappe ich mir kurzerhand einen Bogen und notiere in großen Druckbuchstaben: *Agentur vorübergehend geschlossen.* Kaum klemmt der Zettel an der Schuppentür, knöpfe ich mir die Plastiktüten mit den Secondhandklamotten vor, die Junko und ich aus purer Faulheit einfach im Schuppen gelassen haben.

Eine Mischung aus Moder und Mottenkugelgeruch schlägt mir entgegen, als ich die erste Tüte öffne, derart ekelhaft, dass ich kurz die Luft anhalten muss. Schnell schaufele ich das Abendkleid von Junkos Mutter beiseite und wühle mich tiefer in den Klamottenhaufen, bis ich finde, wonach ich gesucht habe: einen alten Herrenparka mit Kapuze. Ohne zu zögern probiere ich ihn an. Er schlottert zwar ein bisschen um meinen Oberkörper, aber egal.

Die Kapuze tief ins Gesicht gezogen und mit Sonnenbrille auf der Nase mache ich mich kurz darauf auf den Weg. Erst jetzt wird mir so richtig klar, was das hier werden soll: eine vermutlich reichlich miese Hinterherschnüffelei. Aber Junko und Leo haben es nun mal nicht anders verdient.

Völlig außer Atem tauche ich exakt sieben Minuten später auf dem Schlossplatz auf. Weiter im Dauerlauf um das Schloss herum bis zum Trampelpfad, der geradewegs zur Wiese führt. Mein Herz hämmert, als hätte ich just einen Triathlon absolviert. Und zwar in persönlicher Bestzeit. Knappe 30 Sekunden später bin ich am Tatort, gehe aber sofort hinter einem Strauch in Deckung. Erst nachdem sich mein Herzrasen ein wenig beruhigt hat, wage ich es, um den Busch herumzulinsen.

Tatsächlich!

In zirka 100 Meter Entfernung lustwandeln Junko und Leo – und zwar untergehakt. Wie ich es aus (drittklassigen) Spionagefilmen kenne, folge ich den beiden so unauffällig wie möglich. Gehe mal hinter Gestrüpp in Deckung, mal hinter hoch gewachsenen Gräsern, einmal, als sich Leo ganz unvermittelt umdreht, werfe ich mich der Länge nach in den Löwenzahn. So pirsche ich mich dichter und dichter an die beiden heran, auch Junko dreht sich zweimal um, doch ich messe dem keine große Bedeutung zu. Selbst wenn sie mich gesehen hat, wird sie nie im Leben darauf kommen, dass ich das bin. Diese unförmige Gestalt in dem viel zu großen Parka.

Kurz vor dem offiziellen Umkehrpunkt, dem Weiher, tauchen die beiden urplötzlich ins angrenzende Fichtenwäldchen ab. Wie vom Donner gerührt verharre ich in der Bewegung. Erstens steht im Vertrag, dass Ausflüge in den Wald tabu sind (für Bisse von tollwütigen Füchsen oder Bären übernehmen wir nämlich keine Haftung), zweitens ist die Zeit so gut wie um.

Junko, du miese Verräterin! Ohne Zeit zu verlieren folge ich den beiden in den Wald. Welche Richtung können sie nur eingeschlagen haben, um irgendwann in diesem Leben wieder in der Agentur aufzukreuzen? Tapfer stiefele ich vorwärts, doch nach wenigen Metern verlässt mich der Mut und ich kehre rasch wieder um. Ich fürchte mich allein im Wald, das ist die bittere Wahrheit. Noch bitterer ist allerdings, dass Junko und Leo jetzt vermutlich romantisch auf irgendeiner netten Lichtung herumknutschen. Und das, wo Junko sowieso schon – wie sie selbst von sich behauptet – alle Jungs zu Füßen liegen.

Reichlich deprimiert nehme ich denselben Weg über die Wiese zurück und beeile mich nicht mal besonders. So oder so wird Junko nach mir aufkreuzen.

Doch ich habe mich getäuscht. Schon als ich die Gartenpforte öffne, höre ich Junko auf dem Hof herumkichern.

Panisch schlage ich die Pforte gleich wieder zu. Ich muss meinen Parka entsorgen, und zwar ziemlich schnell. Danach kann ich ganz entspannt in die Agentur marschieren und behaupten, ich wäre wegen hartnäckiger Zahnschmerzen beim Arzt gewesen.

Fieberhaft suche ich die nähere Umgebung nach einem Versteck ab, aber außer den Mülltonnen gibt es keinen Ort, wo ich das verdammte Ding lassen könnte. Kaum gedacht, zerre ich mir schon das unförmige Teil vom Körper und stopfe es unter den Blicken einer neugierigen Oma in die Mülltonne.

»Wo hast du denn gesteckt?«, ruft mir Junko kurz darauf entgegen. Ein paar Jungs aus Lukas' Klasse umringen sie mit anbetender Miene. Wahrscheinlich lassen sie sich gerade Kuss-Termine geben. »Du kannst doch nicht einfach unsere Agentur im Stich lassen!«

»War beim Arzt«, entgegne ich kühl und konzentriere mich darauf, *nicht* rot anzulaufen.

»Oje, bist du krank?«

Ich schüttele den Kopf. »Zahnschmerzen. Ist aber nix. Kommt wohl nur von zu viel Gummibärchen.«

»Und Frau Dr. Bohlmann hat dich sofort drangenommen?«

»Klar. Als Notfall.« Um auf den letzten Metern nicht doch noch die Gesichtsfarbe zu wechseln, presche ich an dem Grüppchen vorbei und verkrümele mich im Schuppen. Junko kommt kurz drauf nach.

»Willst du gar nicht wissen, wie es mit Leo war?«

»Doch. Klar«, sage ich, indem ich betont gleichgültig die Achseln zucke.

»Leo ist wirklich ein Netter!« Junko guckt versonnen durch das kleine Fenster, wobei ein Sonnenstrahl ihre Haare zum Glänzen bringt. »Und so ein brillanter Unterhalter.«

»Ein was –?«, frage ich ungläubig.

Junko wirft ihre Glanzmähne zurück. »Er redet ohne Punkt und Komma, ohne dass es einem auch nur eine Sekunde langweilig wird. Und dann diese spritzige Ausdrucksweise!«

Das hat sich Junko jetzt ausgedacht. Reine Taktik, um mich zu quälen. Aber anstatt ihr das auf den Kopf zuzusagen bestätige ich: »Allerdings. Er sprudelt nur so über vor Fantasie.«

Jetzt guckt Junko einen Moment irritiert, sie fängt sich jedoch gleich wieder und fügt hinzu, dass Leo außerdem ein wirklich hervorragender Küsser wäre.

»Na, dann ist ja alles bestens«, erkläre ich.

Ich kann es zwar nicht beweisen, doch auch diesmal sagt mir mein Gefühl, dass Junko nur rumspinnt. Hätte sie zuvor nicht die Sache mit dem brillanten Unterhalter gebracht, wäre ich sicherlich vor Eifersucht vergangen, aber mit ihrer schamlosen Übertreibung hat sie sich selbst ein Bein gestellt.

*

Als ich an diesem Abend nach Hause komme, erwarten mich meine Mutter, Frau Iwaki und Sanne auf dem Flur. Mamas Blick ist so bewölkt wie der Himmel vor einem Tornado, die sonst so höfliche Frau Iwaki presst ihren Mund zu einem Strich zusammen, nur Sanne lächelt, als sei sie gerade einer heiligen Madonna ansichtig geworden. Und niemand sagt einen Ton.

»Hallo, guten Abend«, rufe ich und will mich rasch an den dreien vorbeidrücken, doch Mama hält mich am Arm zurück.

»Kommst du bitte mal einen Moment mit ins Wohnzimmer?«

»Mhm. Klar. Wenn's sein muss«, stottere ich völlig verwirrt. Ich bin mir keiner Schuld bewusst. Außer vielleicht, dass ich in den letzten Tagen weniger häufig mit Junko und Frau Iwaki zu Mittag gegessen habe. Nur würde Junkos Mutter mir dies derart übel nehmen, dass sie sofort bei uns aufmarschiert, um mich zur Rede zu stellen?

»Junko kommt auch gleich«, lässt Frau Iwaki jetzt verlauten.

Und weil ich wohl ziemlich blöd aus der Wäsche gucke, fügt sie noch hinzu: »Ich habe sie eben angerufen und hierher bestellt.«

Mir wird die Sache von Minute zu Minute schleierhafter, aber weil alle (außer Sanne) Weltuntergangsgesichter machen, stelle ich lieber erst mal keine Fragen. Außerdem haben die drei Anwesenden sowieso genug damit zu tun, ihre Hände zu kneten, Fingernägel zu inspizieren, Tee zu trinken, Fussel vom Sofa zu klauben und Löcher in die Luft beziehungsweise in die Vase auf dem Tisch zu starren. Es dauert noch eine Weile, bis endlich das erlösende Klingelzeichen ertönt. Mama springt wie angestochen auf.

»Das wird Junko sein«, sagt sie intelligenterweise, während Frau Iwaki und Sanne fleißig dazu nicken.

Kurz darauf stürmt Junko mit erhitzten Wangen ins Wohnzimmer und quetscht sich neben mich in meinen Lieblingssessel. So wie wir das früher gemacht haben, als wir uns noch nicht spinnefeind waren.

»Effi, Junko«, beginnt Mama förmlich. »Euch ist doch klar, warum wir hier zusammensitzen, oder?«

Junko und ich schütteln einträchtig die Köpfe.

Mama ruckelt auf ihrem Stuhl herum, bis sie die richtige Position gefunden hat. »Folgendes: Wir wissen jetzt, dass in Sannes Schuppen gar keine Nachhilfe stattfindet.«

»Natürlich findet dort Nachhilfe statt!«, protestiere ich, aber Mama bringt mich mit einer harschen Handbewegung sofort wieder zum Schweigen.

»Nein, ihr küsst wild in der Gegend rum. Und lasst euch dafür auch noch bezahlen.«

Aha. Daher weht also der Wind. Ich hätte es mir ja gleich denken können.

»Woher wissen Sie das?«, fragt Junko völlig überrumpelt.

»Woher wir das wissen?!« Frau Iwaki kreischt und kichert hysterisch. »Ihr lasst euch wahllos von irgendwelchen Jungs küssen und das Einzige, was dir dazu einfällt, ist, woher wir das wissen!«

Es folgt noch ein japanischer Wortschwall, Frau Iwakis Gesicht verfärbt sich puterrot, dann unterbricht sie sich jäh und sagt mit ihrer normalen Stimme: »Hab ich Recht? Oder etwa nicht?«

Doch Junko sitzt bloß wie ein Häufchen Elend da und kriegt die Zähne nicht mehr auseinander. Aus dem Augenwinkel sehe ich, wie sie auf ihrem Fingernagel herumknurpst.

»Jetzt mal der Reihe nach«, schaltet sich Sanne ein. Ihr Madonnen-Lächeln ist ausgeknipst. »Am Anfang haben die Mädchen bloß Secondhandklamotten verkaufen wollen.«

»Weiß ich. Weiß ich.« Wieder ertönt Frau Iwakis grelles Gekicher.

In knappen Worten erklärt Sanne, wie es danach weitergegangen ist. Die Sache mit dem Kinobegleitservice, der ja ein Flop war, woraufhin sie selbst uns auf die Idee gebracht hat, Dienste anzubieten, die keine zusätzlichen Kosten verursachen. »Wenn hier also jemand schuld ist«, beschließt sie ihre Ausführungen, »... dann ich.«

»Gar nicht wahr!«, verteidige ich Sanne. »Du kannst überhaupt nichts dafür, dass das mit dem Küssen angefangen hat. Im Grunde kann niemand etwas dafür!«

»Ach nein?«, regt sich meine Mutter auf. »Man hat euch also gezwungen Geld dafür zu nehmen?«

»Nein!« Hilflos rudere ich mit den Händen. »Es war nur so, dass ich ... Einer der Jungen hat mich mehr oder weniger zufällig geküsst und dann dachten plötzlich alle, dass es automatisch mit dazugehört.«

»Aber ihr hättet dem Ganzen doch einen Riegel vorschieben können!«, ereifert sich Frau Iwaki.

Zu allem Unglück beginnt Junko jetzt auch noch so wild auf dem Sessel hin und her zu rutschen, dass ich immer wieder brutal gegen die Lehne gepresst werde. Dann erklärt sie zögerlich: »Effi wollte ja auch ... Weil sie nicht Hans und Franz küssen mag. Aber es lief so gut, dass ich dann die Kussdienste übernommen habe, natürlich rein aus Übungszwecken, und Effi die ... ähm ... die anderen Dienste.«

Das ist zu viel für Frau Iwaki. Nach Luft japsend läuft sie aus dem Zimmer, kommt aber kurz darauf wieder zurück, um wie eine Furie auf Japanisch loszuschimpfen. Niemals hätte ich Junkos Mutter einen derartigen Temperamentsausbruch zugetraut.

»So schlimm ist das Ganze doch nun wirklich nicht«,

versucht Sanne sie zu beschwichtigen. »Haben Sie denn früher nicht auch mal den ein oder anderen geküsst?«

»Richtig schlimm nicht.« Mama foltert mich mit bösen Blicken. »Aber auch nicht wirklich schön. Wenn das bei den Lehrern die Runde macht! Die Mädchen fliegen noch von der Schule!«

»Nun übertreib mal nicht, Heike.« Sanne lacht auf. »Ein bisschen küssen – das ist doch völlig harmlos.«

Frau Iwaki wirft ihre langen Haare schwungvoll nach hinten, dann hüstelt sie und verkündet mit dem Blick eines Raubtiers: »Lange Rede, kurzer Sinn. Die Agentur muss geschlossen werden, das ist euch ja wohl klar.«

»Oh nein!«, stöhnt Junko, während ich innerlich beinahe aufatme. Auch wenn mir mein Strandkorb gerade flöten geht, wer weiß, wie lange meine Nerven bei dem Trara noch mitgespielt hätten.

»Oh doch«, bestimmt Frau Iwaki.

»Junkos Mutter hat Recht«, schaltet sich Mama wieder ein. »Das könnt ihr wirklich nicht weitermachen.« Und an Sannes Adresse geht die Aufforderung, doch bitte ein Auge darauf zu haben, dass wir uns auch an das Verbot halten.

»Schon verstanden. Geht klar.« Sanne sieht uns zerknirscht an, so als sei damit auch *ihr* Agenturprojekt gestorben. »Tut mir Leid. Ich wollte wirklich nicht, dass es so endet. Trotzdem seid ihr immer herzlich auf meinem Grundstück willkommen.«

Wir bedanken uns artig, wobei Junko allerdings den Eindruck erweckt, als habe sie zehn extrem saure Rollmöpse im Mund.

Frau Iwaki ruckelt ihren Rock zurecht. »Taschengeld ist übrigens für zwei Monate gestrichen. Fernsehen ebenso.«

»Das kannst du nicht machen!«, protestiert Junko. Jetzt sieht sie aus wie kurz vorm Heulen.

»Oh doch. Und ob ich das kann.«

Ich schaue auf meine Knie und dann höre ich Mama sagen: »Ich schließe mich da an. Effi? Zwei Monate kein Taschengeld. Zusätzlich Fernsehverbot.«

Ich würde gerne losschreien oder Mama einen Vogel zeigen, aber da ich weiß, dass das alles nur noch schlimmer machen würde, halte ich lieber meinen Mund. Mama und Frau Iwaki sind auf 180, wir sind es auch, aber die Erwachsenen sitzen nun mal am längeren Hebel.

Als die Konferenz kurz darauf aufgehoben wird und sich alle irgendwie peinlich berührt aus dem Wohnzimmer stehlen, kneift Junko mich beiläufig in den Po. Früher war dies immer unser Zeichen dafür, dass wir zusammen durch dick und dünn gehen. Keine Ahnung, warum sie das ausgerechnet jetzt tut. Aus reiner Gewohnheit? Oder weil sie mir ein Friedensangebot machen will?

Natürlich komme ich nicht dazu, Junko danach zu fragen, denn Frau Iwaki klemmt sich ihre Tochter wie ein Bügelbrett unter den Arm und schleift sie schon ins Treppenhaus. Dort verbeugt sie sich dann allerdings noch einmal und sagt förmlich: »Einen angenehmen Abend wünsche ich. Und vielen Dank für das Heißgetränk.« Einmal kurz kichern, dann sind die beiden verschwunden.

Als Mama und ich wenig später den Abendbrottisch decken, spreche ich sie noch mal auf den Taschengeldentzug an, aber sie bleibt stur. Sosehr ich ihr auch vorjammere, dass ich für eine größere Anschaffung spare, sie lässt sich nicht erweichen.

Wütend zerre ich Messer und Gabel aus dem Küchenschrank. »Woher wisst ihr das alles überhaupt?«

»Lukas und ich haben Frau Iwaki in der Fußgängerzone getroffen«, erklärt Mama ganz ruhig.

»Ja und?«

»Frau Iwaki wollte wissen, wo Junko ist, und da hat Lukas gemeint, ihr würdet wohl gerade wieder gegen Bezahlung küssen.«

Lukas! Ausgerechnet! Ich lasse das Besteck auf die Anrichte plumpsen und rase nach nebenan. Mein heiß geliebter Bruder, auch Mutant genannt, liegt gemütlich und entspannt auf seinem Bett, Kopfhörer auf den Ohren, ein Comicheft vor der Nase.

»Verdammt noch mal, Lukas! Was sollte das?«, brülle ich so laut, dass er zusammenzuckt und dann die Kopfhörer runternimmt.

»Wie – was denn?«

»Das weißt du ganz genau! Du mieser Petzer!«

»Hey, Moment.« Der Mutant hebt besänftigend die Hände. »Die Iwaki ...« Er grinst. »Übrigens ein heißer Feger. Ich mein, so was schimpft sich Mutter.«

Ich stöhne genervt auf. »Lenk nicht ab!«

»Okay. Also, sie wollte wissen, wo ihre Tochter steckt.«

»Und statt zu sagen, du wüsstest es nicht oder wir würden spazieren gehen oder in der Agentur abhängen, musst du unbedingt petzen, dass wir …«

»Reg dich ab, Schwesterchen!«, unterbricht mich Lukas. Ganz gemächlich legt er das Comicheft auf seinem Bauch ab, verschränkt die Arme hinter dem Kopf und macht ein belustigtes Gesicht. »Ich habe nur die Wahrheit gesagt.« Und dreist fügt er noch hinzu: »Du weißt doch, dass ich einfach nicht lügen kann.«

»Zufällig habe ich aber gar nicht gegen Bezahlung geküsst«, schimpfe ich. »Also hast du so oder so gelogen!«

In einer Überrumpelungsaktion schnappe ich mir Lukas' Comicheft und drohe es zu zerreißen. »Warum? Sag mir einfach bloß, warum?«

»Her damit!«, zischt Lukas, indem er wie ein Flummi vom Bett hochschnellt. Doch bevor er mir das Heft aus der Hand reißen kann, habe ich es schon auf den Boden gepfeffert und mich einfach draufgesetzt.

»Erst wenn du endlich mit der Sprache rausrückst!«

Der Mutant kickt säuerlich seinen Fußball unters Bett, dann wirft er sich bäuchlings darauf, um erst mal eine Runde zu schmollen. Wie ein kleines Kind. Nach einer Weile nuschelt er ins Kissen: »Ich hab's dir doch schon neulich im Bus gesagt.«

»Weil die Jungs nicht mehr zum Fußball kommen? Darum erzählst du Mama und der Iwaki so einen Mist?«

Lukas wälzt sich auf den Rücken und zuckt verunsichert die Achseln.

»Du bist wirklich das Hinterletzte, weißt du das?! Deinetwegen kriege ich zwei Monate kein Taschengeld! Und Fernsehverbot! Aber dir ist es ja wohl auch völlig egal, wenn ich krepiere!«

Es zuckt kurz um Lukas' Mundwinkel, dann guckt er in ein anderes Comicheft, als ob nichts weiter wäre.

Ohne noch ein weiteres Wort an meinen idiotischen Bruder zu verschwenden düse ich aus dem Zimmer.

Hab ich's mir doch gleich gedacht. Sein Verrat war pure Absicht! Sobald es keine Agentur mehr gibt, so seine Rechnung, tauchen die Kumpels auch wieder auf dem Fußballplatz auf. Wahrscheinlich hat der Mutant sämtliche miesen Charakterzüge meines Vaters geerbt. In der Familie mütterlicherseits ist Petzen zumindest unbekannt.

15

»Hallo.«

»Hi.«

»Gut geschlafen?«

»Geht so.«

»Und du?«

»Auch mittelmäßig.«

»Traurig?«

»Mhm.«

»Und du?«

»So lala.«

»Treffen wir uns trotzdem heute Nachmittag im Loft?«

»Klar, wir müssen zumindest ein Schild anbringen ... dass es nun keine Agentur mehr gibt.«

»Ja, müssen wir wohl. Leider.«

»Übrigens hat mein Bruder gepetzt.«

»Mhm. Weiß ich.«

»Was für ein Idiot!«

»Du sagst es.«

»Gut, dann ...«

»Okay. Bis später.«

So in etwa läuft Junkos und meine Unterhaltung am nächsten Morgen in der Schule ab. Reichlich deprimiert. Aber auch reichlich gesittet. Vor allem jedoch nicht so, als ob wir noch spinnefeind miteinander wären.

Selbst die sechs Schulstunden bringen wir hinter uns, indem wir freundlich, um nicht zu sagen galant, miteinander umgehen. Keine von uns kommt allerdings auf die Idee, *das Thema* anzusprechen. Ich für meinen Teil habe Angst, dass Junko wieder patzig werden könnte, wenn ich davon anfange. Was Junko denkt und meint, bleibt hinter den tiefen Furchen ihrer Denkerstirn verborgen.

Als ich kurz nach drei auf dem Agenturgelände auflaufe (zuvor habe ich meinen herzallerliebsten Bruder noch einmal kräftig zusammengestaucht, woraufhin er wenigstens einen Anflug von Reue gezeigt hat), ist Junko schon dabei, ein Schild zu basteln.

Agentur ab sofort geschlossen, schreibt sie in knallroten Lettern auf einen DIN-A4-Bogen.

»In Ordnung so?«, fragt sie mit einer Stimme, als habe sie Kreide statt Sushi zu Mittag gegessen.

»Mhm.«

Junko hat sogar daran gedacht, Tesafilm mitzubringen, und pinnt den Zettel jetzt an die Schuppentür.

»Machen wir gleich die Düse?« Sie wirkt verunsichert. »Keine Lust, hier noch irgendeinem Kunden über den Weg zu laufen.«

Ich nicke und erwidere ebenso verunsichert: »Gehst du gleich zu dir nach Hause?«

Noch eine Spur verunsicherter meint Junko jetzt: »Und du?«

Wir sehen uns an und brechen gleichzeitig in Gelächter aus. Auch wenn die Sache alles andere als lustig ist. Sekunden später setzt der Krach eines Hubschraubers unserem völlig sinnlosen Gegacker ein Ende.

»Zu dir? Zu mir? Zu *Mario*?«, frage ich, als sei es völlig selbstverständlich, dass wir auch den weiteren Teil des Nachmittags zusammen verbringen werden. Eine Region in meinem Gehirn flüstert mir nämlich gerade zu, dass es angebracht wäre, sich mit Junko auszusprechen. Nach allem, was passiert ist.

»Zu *Mario*«, entscheidet Junko. »Das Aus der Agentur muss schließlich gefeiert werden!« Wieder fängt sie an zu wiehern. Wahrscheinlich die Nerven, die einfach blank liegen.

Als wir wenig später mit unseren Eistüten auf den Plastikstühlen hocken, die Beine angezogen, erkundigt sich Junko: »Alles wieder klar zwischen uns?«

»Weiß nicht … So halbwegs, oder?« Irgendwie kann ich es mir nicht verkneifen, das Ganze noch ein bisschen vage zu formulieren. Immerhin sind einige Dinge zwischen uns noch unausgesprochen.

Junko kraust ihre Stirn. »Tut mir übrigens Leid, dass alles so gekommen ist. Vielleicht hätte ich mich doch nicht von Hans und Franz, Fred und Furz knutschen lassen sollen.«

»Allerdings.« Ich pikse sie in die Seite. »Mal ehrlich: Fandest du's kein einziges Mal eklig?«

»Weiß nicht … Irgendwie war ich wie benebelt, weil alle so scharf drauf waren, mich zu küssen. Verstehst du? Mich! Junko Iwaki!«

Ich zucke die Schultern. Eigentlich verstehe ich nur eins. Und zwar, dass mein Strandkorb jetzt so weit entfernt ist wie die hinterletzte Galaxie dieses Universums.

Ich seufze und tue mir noch ein Weilchen selbst Leid, dann sage ich: »Mama wollte nicht mal wissen, warum wir die Agentur überhaupt aufgemacht haben – stell dir vor.«

Als könnte in den nächsten Minuten eine Hungerkatastrophe über uns hereinbrechen, stopft sich Junko den Rest ihrer Eiswaffel in den Mund. »Meine auch nicht«, erwidert sie dann kauend und schluckend. »Sie war ja auch die ganze Zeit damit beschäftigt, rumzumeckern.« Ein letztes Gegurgel dringt aus ihrer Kehle, dann ist das Eis vernichtet. »Und mein Dad hat mich netterweise als hirnverbranntes Girlie beschimpft, das allerhöchstens ein bisschen Stroh im Kopf hat.«

So bitter es auch ist, dennoch muss ich kichern. Ausgerechnet Junko, die mit ihrer in Falten gelegten Stirn und der Intelligenzbestienbrille immer so schlau wirken will …

»Das nächste Eis geht auf mich, okay? Hab heute mein Sparschwein geplündert.«

Bevor ich protestieren kann, ist Junko schon am Eisstand. Als sie zurückkommt, schielt sie konzentriert auf beide Eistüten und meint: »Kann ich dich mal was fragen, Effi?«

»Klar kannst du. Das weißt du doch.«

»Also …« Immer noch schielend reicht sie mir eine der beiden Waffeln: »Was lief da eigentlich genau zwischen dir, Betty, Frenzy und Clau?«

Junko mustert mich jetzt derart verstört, dass ich nicht anders kann als laut loszuprusten.

»Die drei sind und bleiben blöde Kühe, okay? Ich habe nie mit denen gemeinsame Sache gemacht und werde es auch in den nächsten 1000 Jahren nicht tun.«

»Aber was wollten sie dann von dir?« Junko scheint immer noch nicht ganz überzeugt zu sein.

»Sich zwischen uns drängen! Was denn sonst! Und dich aus der Agentur rauskicken.«

»Aha … Ist ja ein Ding«, murmelt Junko wie weggetreten. »Jana wollte *dich* rauskicken.«

»Als hätten sie sich abgesprochen …« Einen Moment vergesse ich am Eis zu schlecken. Erst als es anfängt ziemlich fies auf meine Hose zu tropfen, zische ich: »Diese elendigen Ziegen!«

Den Rest des Nachmittags verbringen wir damit, uns in der Fußgängerzone herumzutreiben und darüber zu jammern, wie wir das Leben bloß ohne Strandkorb beziehungsweise Strandkabine und Computer mit Flachbildschirm bewältigen sollen. Vom fehlenden Taschengeld und dem Fernsehverbot mal ganz abgesehen.

»Wir müssen uns eben entsprechende Ersatzbeschäftigungen suchen«, schlägt Junko vor. »Kusslose Wiesenspaziergänge oder so.«

Ich zeige ihr einen Vogel, muss aber dennoch lachen.

»Ist doch eigentlich merkwürdig«, sinniert sie, während wir vor einem Computerfachgeschäft Halt machen und die Auslagen betrachten. »Wir wissen immer noch nicht, warum auf einmal alle Jungs küssen wollten. Meine Beine allein werden es wohl doch nicht gewesen sein …«

Meine Kehle fühlt sich schlagartig staubtrocken an. »Doch«, flüstere ich. »Ich fürchte, ich weiß es.« In der Spiegelung der Schaufensterscheibe sehe ich Junkos überraschten Blick. Dann überwinde ich mich und sage: »Leo.«

»Leo???!!!«

»Ja, Leo.«

»Aber warum sollte ausgerechnet Leo …?«

»Um sich an mir zu rächen, schätze ich.« Unter peinlichem Gestotter kläre ich Junko über den missratenen Wiesenspaziergang auf. Dass ich Leos Kussattacke mit einer Ohrfeige quittiert hätte, die mir im Nachhinein einfach nur noch peinlich sei.

Junko versucht einen Lacher zu unterdrücken, kann sich jedoch nicht beherrschen und wiehert los. Das wäre ja der Oberhammer, wie lustig, der arme Leo und überhaupt …

»Ja, schon gut!«, entgegne ich eingeschnappt. Vielleicht hätte ich bei unserer Versöhnung doch nicht so ein Tempo vorlegen sollen.

Aber da schlingt Junko ihren Arm um meine Taille und meint entwaffnend lächelnd: »Ich muss dir übrigens auch was beichten.«

»Ach wirklich?« Hoffentlich nicht noch eine Schreckensnachricht. In letzter Zeit hatte ich davon wirklich mehr als genug.

»Um ehrlich zu sein, Leo ist gar kein toller Unterhalter.«

»Mhm«, brumme ich in mich hinein.

»Und als wir im Wald verschwunden sind, hat er mich auch nicht geküsst.«

»Echt?!« Obwohl ich mir so was ja schon gedacht habe, bin ich total erleichtert.

»Effi, du sahst in dem Parka wirklich ganz allerliebst aus!«, flötet Junko. »Fand Leo übrigens auch.«

»Oje! Ihr habt mich erkannt?« Vor lauter Scham würde ich am liebsten im Erdboden versinken.

Junko grinst breit. »Klar. Du warst einfach nicht zu übersehen! Die einzige Spionin weit und breit!«

Ich laufe ein paar Meter vor und drücke mir bei einem Schuhgeschäft die Nase an der Scheibe platt. Wie peinlich! Wie unglaublich peinlich!

Junko kommt sofort nach und zwickt mich auf ihre unnachahmliche Junko-Art (die übrigens ganz schön wehtut) in den Po.

»Hey, an deiner Beschattungstechnik solltest du aber schon noch ein bisschen feilen! Parka und Sonnenbrille allein tun's nicht!«

Für den Rest des Tages bin ich einfach nur erledigt. Schlimm genug, dass sich Junko wegen der Ohrfeige zu Tode amüsiert, nur wie soll ich Leo jemals wieder unter die Augen treten können?

16

Die folgenden Tage werden für Junko und mich zum Spießrutenlauf. Keine Pause vergeht, in der nicht irgendjemand angetänzelt kommt, um uns wegen der Schließung der Agentur auszuquetschen. Die ersten Male stammeln wir noch etwas von *Schulproblemen* und schieben andere Freizeitbeschäftigungen vor, die uns im Moment eben mehr Spaß machen würden, doch da uns dies niemand so recht glauben will, schüttelt Junko die Geschichte vom bösen Finanzamt aus dem Ärmel. Irgendein Typ im grauen Anzug und mit Aktentasche sei vorbeigeschneit und habe uns strengstens untersagt weiterhin illegal in dem Loft zu arbeiten. Weder hätten wir ein Gewerbe angemeldet noch die Einnahmen versteuert, und wenn er uns noch einmal erwischen würde, würde er uns hinter Schloss und Riegel bringen. Um die

Bedrohlichkeit des Ganzen zu unterstreichen, zieht Junko jedes Mal, wenn sie die Story abspult, die Stirn so kraus wie eine Bulldogge. Das wirkt. Man glaubt uns.

Wir fühlen uns schon ganz heldenhaft so glimpflich aus dem Ganzen herausgekommen zu sein, als uns Klassenstreber Oskar nach der Schule bei den Fahrradständern abfängt.

»Ulli hat mir erzählt, das Finanzamt ist euch auf den Fersen?«

»Ja, und wie!«

Junko setzt gerade an, noch einmal die Geschichte von dem fiesen Typ im grauen Anzug abzuspulen, da unterbricht Oskar sie breit grinsend, das sei ja wohl der reinste Blödsinn, wir wären nämlich viel zu jung, um vom Finanzamt belangt zu werden. Und außerdem – die paar Kröten, die wir verdient hätten, müssten wir sowieso nicht versteuern.

»Woher willst du denn wissen, dass wir nur ein paar Kröten eingenommen haben?«, fährt Junko ihn an. Ihre Wimpern flattern nervös.

»Weil ich logisch nachgedacht habe«, sagt Oskar schlicht.

»Weißt du, was?« Junko hebt ihre Schultasche wie eine Waffe. »Wenn du meinst, dass wir nur *unlogisch* nachdenken, dann lass uns jetzt besser durch.«

Oskars Gesicht zerfällt in Sekunden zu Schutt und Asche, dann taumelt er einen Schritt zur Seite und lässt Queen Junko vorbeimarschieren. Ich hebe entschuldigend die Schultern, beeile mich dann aber, ihr nachzulaufen.

»Was sollte das? Ich dachte immer, du würdest Oskar besonders gerne mögen!«

»Wie bitte? Ich?« Junko bleibt abrupt stehen.

»Natürlich du! Oder siehst du hier vielleicht noch jemanden?«

Den Kopf gesenkt trabt Junko langsam weiter. »Ich mag ihn ja auch …«

»Aber?«

Nahezu im selben Moment jault sie auf: »Er hat mich als Einziger nicht für die Wiese gebucht! Dabei weiß er ganz genau, dass er dort die Chance seines Lebens gekriegt hätte! Nämlich mich zu küssen!«

Ich muss innerlich kichern. War das jetzt ein Geständnis? Dass sie tatsächlich in Oskar verknallt ist? Weil ich von Sanne immer die ausrangierten Frauenzeitschriften abstaube und daher bestens über den Mann als solchen informiert bin, erkläre ich wichtigtuerisch: »Wahrscheinlich will er die Sache langsam angehen. Weil er eben kein Junge nur für einen Kuss ist.« Und abschließend trompete ich: »Er will bestimmt die Ewigkeit mit dir!«

Junko ist einen Moment ganz still, dann huscht ein kleines, seliges Lächeln über ihr Gesicht.

»Meinst du?«

Ich grinse nur. Verhör erfolgreich abgeschlossen. Junko *ist* in Oskar verknallt.

Als ich ihr das auf den Kopf zusage, entgegnet sie bloß: »Okay. Aber wenn, dann nur zu einem Prozent. Wobei wir noch zu klären hätten, was mit dir ist. Deine Verliebtheit in Leo stinkt doch 20 Meter gegen den Wind!«

»So ein Blödsinn!«, fauche ich. »Ich kann keinen lieben, der bescheuerte Gerüchte in die Welt setzt!«

»Ich weiß … Und auch keinen, der humpelt.« Junko grinst. »Aber wie sieht's denn mit einem aus, der schon vor Monaten alle möglichen Leute über dich ausgequetscht hat?«

»Quatsch!«

Aber Junko schüttelt nur den Kopf und grinst noch breiter.

»Und woher willst du das wissen?«

»Weil Leo es mir selbst erzählt hat. Auf unserem netten Wiesenspaziergang.«

»Warum sollte er so was freiwillig erzählen?«, brause ich auf. »Und dann ausgerechnet dir?«

»Nicht freiwillig. Du kennst doch meine raffinierte Aushorch-Taktik.«

Allerdings. Die ist mir durchaus vertraut. Außerdem spricht tatsächlich einiges dafür, dass Leo Erkundigungen über mich eingeholt hat. Andernfalls hätte er ja nicht so gut über meine Familienverhältnisse Bescheid gewusst.

Junko kneift mich kichernd in den Po, dann zieht sie mich mit sich fort. Wahrscheinlich hält auch sie ihre Versuchsanordnung für abgeschlossen.

Und irgendwie hat sie nicht mal Unrecht. Petze hin, Petze her – Leo bedeutet mir auf jeden Fall mehr als nur irgendein Typ, den ich zufällig mal auf einer Blumenwiese angeniest habe.

⋆

Zum Glück gibt es jemanden wie Sanne in meinem Leben.

Sanne ist als exaktes Zwitterding zwischen Mama und Junko geradezu ideal. Ich kann mich ihr wie einer Freundin anvertrauen, gleichzeitig hat sie die Lebenserfahrung und Reife meiner Mutter, wobei ihre Ratschläge nie etwas Belehrendes oder Besserwisserisches an sich haben. Darüber hinaus ist sie mit der überaus praktischen Eigenschaft ausgestattet, einen hin und wieder ins Kino einzuladen und sich dabei auch noch in Sachen Süßigkeiten spendabel zu zeigen. Was besonders dann von Vorteil ist, wenn eine verhängte Taschengeldsperre auch eiskalt durchgezogen wird.

Zum Beispiel an diesem Sonntag. Zwar hatte es zuvor eine kleine Kabbelei zwischen ihr und meiner Mutter gegeben – Mama war der Meinung, ich hätte es nach allem, was passiert ist, nun wirklich nicht verdient –, aber Sanne konnte sich zum Glück durchsetzen.

Als wir schon mit Popcorn, Gummibärchen und O-Saft bewaffnet in den flauschigen Kinosesseln sitzen und uns von der Kinowerbung berieseln lassen, sagt Sanne wie aus heiterem Himmel: »Mal ehrlich, Effi. Das mit dem Küssen war doch bestimmt auch ganz lustig, oder?«

Ich mache eine derart abrupte Bewegung, dass mindestens die Hälfte des Popcorns durch die Luft segelt. Eigentlich hatte ich Sanne einen Vogel zeigen wollen. Und zwar einen ziemlich fetten.

»Lustig?!«, kreische ich. »Von wegen! Ich wollte gar nicht küssen! Nur arbeiten und Geld verdienen!«

Sanne nickt und langt in meine Popcorntüte. »Soso ... Ziemlich blöd, wenn das Taschengeld nie reicht, was?«

»Es reicht ja schon«, nuschele ich kauend. »Normalerweise. Bloß eben nicht für größere Anschaffungen.« Und unter fast akrobatischen Verrenkungen flüstere ich ihr ins Ohr, dass ich mir nichts sehnlicher als einen Strandkorb für mein Zimmer wünschen würde. Statt Sessel.

»Ein Strandkorb als Sitzgelegenheit? Das ist doch bestimmt ziemlich unbequem.«

»Überhaupt nicht!«

Ich schaffe es gerade noch, ihr zu erklären, wie sich das Lebensgefühl zum Positiven wendet, wenn man stolze Besitzerin eines Strandkorbs ist, da fängt der Film an. Säbelrasseln und Südsee, Piraten und schöne Frauen – die anderthalb Stunden vergehen wie im Flug und lenken mich von der reichlich deprimierenden Tatsache ab, dass ich meinen Lebenstraum wohl bis auf weiteres begraben kann. Und trotzdem weiterleben muss. Irgendwie.

»Lust auf Pizza?«, fragt Sanne beim Abspann. »Wir könnten ins *Dante* gehen.«

Vor lauter Begeisterung entfährt mir ein Gluckser. Auch wenn ich von dem Naschkram eigentlich noch satt bin – die Gelegenheit will genutzt werden. Viel zu selten kommt es vor, dass mich mal jemand zum Italiener einlädt. Mama, der Mutant und ich gehen zumindest nie essen.

Dynamisch springe ich auf und quetsche mich hinter Sanne aus der Reihe – bloß schnell aus dem Kino –, da sehe ich plötzlich, wie sich eine Hand an Sannes Jackentasche zu schaffen macht.

»Pass auf, da beklaut dich einer!«, rufe ich noch, im selben Moment läuft schon der zweite Film an diesem Tag live vor meinen Augen ab – diesmal ein Kurzkrimi im Zeitraffertempo.

Sanne dreht sich reaktionsschnell um und boxt den Dieb auf den Arm, nahezu gleichzeitig lacht sie schallend auf und johlt: »Mensch, Hannes! Du?« Der Mann strahlt übers ganze Gesicht, im selben Moment fällt mein Blick auf einen zweiten, wesentlich jüngeren *Mann*, der wie ein geklonter Leo aussieht.

»Hi, Effi«, sagt der Klon prompt und fragt dann mit der Intelligenz eines Einzellers: »Wart ihr auch in dem Film?« Erst da begreife ich, dass der Klon wohl doch kein Klon, sondern tatsächlich Leo ist. Verräter Leo!

Inzwischen zerrt Sanne den Dieb namens Hannes bereits zum Ausgang, sie redet mit Händen und Füßen auf ihn ein, während Leo und ich in dem Menschenpulk nur schleppend weitergeschoben werden.

Ich möchte sterben! Zu Popcorn werden!

»Und wie hat dir der Film gefallen?«, fragt Leo hölzern. Bestimmt findet er es genauso schrecklich wie ich, Seite an Seite mit mir aus dem Kino gespuckt zu werden.

»Gut.« Ein ausführlicherer Kommentar fällt mir beim besten Willen nicht ein. »Und dir?«

»Auch gut.«

Wie schön, denke ich. Dann haben wir ja beide einen *guten* Film gesehen.

Um den peinlichen Smalltalk abzukürzen, setze ich jetzt doch meine Fäuste ein und presse mich an zwei Männern in Lederjacken vorbei. Einmal tief durchatmen und den Schock verdauen.

Draußen auf der Straße stehen Sanne und der Dieb und unterhalten sich so vertraut, als würden sie sich schon 75 Jahre kennen. Mindestens.

»Dein Vater?«, raune ich Leo zu. Tatsächlich ist er die ganze Zeit wie eine Schmeißfliege dicht an mir drangeblieben.

»Jepp. Deine Mutter?«

Ich schüttele den Kopf, da tönt Sanne: »Hey, was meint ihr, wir könnten doch alle zusammen ins *Dante* gehen. Hannes und ich haben uns so lange nicht gesehen!« Ihr Lachen wirkt aufgesetzt. »Wir waren mal in derselben Studentengruppe. Wie lange ist das her? Zehn Jahre? 15?«

»Ich ... ich kann nicht«, presse ich hervor. »Mir ist total schlecht!« Alles, bloß nicht (mehr oder weniger romantisch) mit Leo in einer Pizzeria herumhängen.

»Oje, du Arme!«, bemitleidet mich Hannes und Sanne meint: »Eben ging's dir doch noch gut. Zu viele Gummibären?«

»Genau. Und all das Popcorn.«

Ich winke dem Grüppchen knapp zu und verdrücke mich schon mal um die nächste Straßenecke. Kurz darauf kommt Sanne nach.

»Wenn du willst ... Geh ruhig mit den beiden Pizza essen«, schlage ich in einem Anflug von schlechtem Gewissen vor. »Ich schaff's auch allein nach Hause.«

»Schon in Ordnung. Hannes und ich haben unsere Telefonnummern ausgetauscht.« Sie scheint kein bisschen verärgert zu sein. »Über alte Zeiten quatscht man sowieso besser allein.«

Zügig durchqueren wir die Fußgängerzone, Sanne in wahrscheinlich schönen Gedanken versunken, ich mich mit üblen Gedanken zerfleischend. Nicht nur dass ich meiner Patentante den Abend vermasselt habe, mir in gewisser Weise auch. Offen gestanden gäbe ich einiges darum, jetzt eine leckere Pizza vertilgen zu dürfen.

»Dir ist gar nicht schlecht, oder?«, unterbricht Sanne meine Grübeleien.

Ertappt zucke ich zusammen. »Woher weißt du das?«

»Du hast Hannes' Sohn so verstört angeguckt. Schätze mal, du bist nicht erpicht darauf, den Abend mit ihm zu verbringen.«

Ich nicke mechanisch. Sanne entgeht aber auch gar nichts.

»Kennt ihr euch von der Schule? Geht er in deine Klasse?«

»Schule ja – Klasse nein.«

»Aha.« Sanne zieht das Tempo an. »Bist du in ihn verknallt?«

»Überhaupt nicht!«, protestiere ich. »Das wüsste ich aber!«

»Dann frage ich mich wirklich, was da bei euch los ist«, überlegt sie, indem sie sich ihre roten Locken zerwuschelt. »Hat er dich belogen? Betrogen? Bestohlen? Oder gar vermöbelt oder gemobbt?«

So todernst, wie Sanne das hervorbringt, kann ich gar nicht anders als laut loszulachen, gleichzeitig überlege ich, ob sie die richtige Person ist, um in Liebesdinge eingeweiht zu werden. Doch kaum gedacht plappere ich auch schon los: »Kannst du dichthalten? Auch Mama gegenüber? Und diesem Hannes?«

»Na klar. Wenn du mich darum bittest.«

Also erzähle ich ihr in kurzen knappen Worte die ganze Geschichte. Wie Leo anfangs immer in die Agentur gekommen ist, um mich zu buchen, bis zum bitteren Ende auf der Blumenwiese und dem Gerücht, das er danach in Umlauf gebracht hat.

»Weißt du genau, dass er es war?«

»Nein! Nur, wer soll es sonst gewesen sein?«

Ein paar Regentropfen fallen vom Himmel. Schnell stellen wir uns auf der Straßenseite gegenüber unter, praktischerweise bloß zwei Schritte vom *Dante* entfernt.

»Doch Pizza?« Schmunzelnd klappt Sanne ihren Jackenkragen hoch und schielt gen Himmel.

»Oh ja, das wäre schon nett. Mit ganz viel Käse!«

Und weil Sanne so lieb ist, mir auch noch diesen Wunsch zu erfüllen, gestehe ich ihr zumindest, dass ich voll und ganz auf Leos Handschrift abfahre.

17

Keine drei Tage mehr bis zum ersten Juni und noch immer ist nichts Weltbewegendes passiert. Weder ist eine liebeskranke Taube vor einen Bus geflattert noch hat es weitere (diesmal vielleicht gelungene) Küsse gegeben, bloß Sannes Sommerfest rückt von Tag zu Tag, von Minute zu Minute in bedrohliche Nähe.

An und für sich ist das Sommerfest, das Sanne jedes Jahr mit extra engagiertem DJ veranstaltet, natürlich alles andere als bedrohlich, nur unter dem Vorzeichen, dort einsam, allein und zudem unglücklich verknallt aufkreuzen zu müssen, kann es sich schon zum Trauma auswachsen.

Aber auch Junko steht nicht viel besser da. Seit sie Oskar wegen der Finanzamtssache so ungerechtfertigt angeblafft hat, geht er ihr aus dem Weg, wo er nur kann. Und weil das alles so unsagbar traurig ist, träumen wir weiterhin von Strandkörben und Badekabinen und konzentrieren uns lieber auf die Schule. Je besser unsere Noten, so unsere Überlegung, desto größer die Wahrscheinlichkeit, dass wir später mal einen guten Job kriegen. Und je besser der Job, desto mehr Geld wird für Strandkörbe und andere Luxusgüter übrig sein.

Als wir am ersten Juni, einem strahlenden Sommertag, in der Schule auflaufen, glauben wir unseren Augen nicht zu trauen: Überall flattern rosarote Flyer herum, die – nur unschwer zu übersehen – den Titel *ACHTUNG!!! NEUE KUSSAGENTUR!!!* tragen.

Junko wird ein bisschen kalkig um die Nase, als sie sich einen der Zettel schnappt und ihn überfliegt.

»Das kann doch nicht wahr sein«, murmelt sie.

Ich linse ihr über die Schulter, und noch während ich die Buchstaben zu entziffern versuche, schlägt mein Magen Purzelbäume. Der Text liest sich wie von uns abgeschrieben, nur dass der Kuss als Zusatzleistung direkt mit aufgeführt wird und sich Jana, Clau, Frenzy und Betty als Agenturinhaberinnen ausgeben.

Das Gesicht jetzt weiß wie Kreide, lässt Junko den Flyer sinken. »So eine Unverschämtheit! Effi, wir hätten uns unsere Idee patentieren lassen sollen.«

»Ja, das hätten wir wohl«, will ich sagen, aber es kommen einfach keine Laute aus meinem Mund.

Einen Moment lang stehen wir beide ziemlich ratlos da, dann trabt Junko, einen Papierflieger aus dem Wisch bastelnd, voraus in den Klassenraum. Ich stolpere hinterher und sehe gerade noch, wie sie ihn auf Betty, Clau und Frenzy, die immer streberhaft in der ersten Reihe sitzen, abfeuert. Doch als habe eine höhere, uns wohl gesonnene Macht ihre Finger im Spiel, segelt er über ihre Köpfe hinweg und landet genau in dem Moment auf dem Lehrerpult, als der Furunkel mit den korrigierten Mathearbeiten unter dem Arm die Klasse betritt.

»Morgen, die Herrschaften«, sagt er, den Blick aufs Pult geheftet. Er legt Mappe und Klassenarbeiten ab, dann klaubt er den Papierflieger mit spitzen Fingern auf und faltet ihn genüsslich auseinander.

»›Achtung, neue Kussagentur‹. Aha? Soso.«

Der Furunkel lässt seinen Blick über die Reihen schweifen, dann liest er unter dem Gejohle der Schüler und Schülerinnen den ganzen Text vor. Schadenfroh registriere ich, dass die drei Grazien auf ihren Stühlen ein paar Etagen nach unten sacken, Frenzy lutscht dabei wie wild auf einer Haarsträhne herum. Doch statt dass ein

Donnerwetter über die neuen Agenturchefinnen hereinbricht, erklärt der Furunkel in ruhigem Tonfall, die Hände auf dem Pult abgestützt: »Meine Damen … Da eure Noten in Mathematik mehr als zu wünschen übrig lassen und ihr ja ohnehin vorhabt später mal in einem Bordell zu arbeiten, frage ich mich, warum ihr nicht sofort von der Schule abgeht.« Sein Blick gleitet auch zu Jana in der letzten Reihe. »Das spart unnötiges Sich-den-Hintern-platt-Sitzen. Und einen platten Po könnt ihr in dieser Branche sicherlich nicht gebrauchen.«

Alles grölt und auch Junko und ich lachen hämisch. Eine Kussagentur aufzumachen ist eine Sache – sich dabei vom Lehrer erwischen zu lassen eine andere.

Es gibt noch eine dicke Verwarnung, damit ist das Thema für den Furunkel erledigt und er beginnt die Mathearbeiten zurückzugeben. Frenzy und Clau müssen mit jeweils einer Fünf vorlieb nehmen (noch mal Grund zur Schadenfreude), Junkos und meine Anstrengungen haben sich hingegen gelohnt: Wir haben es beide zu einer Zwei minus gebracht! (Oskars Eins mit Sternchen brauche ich wohl nicht extra zu erwähnen …)

Grund genug, am Nachmittag alle fünfe gerade sein zu lassen, sprich, sich wieder mal bei *Mario* ein Eis zu genehmigen. Doch kaum hat Junko das letzte Stückchen Waffel runtergeschluckt, meint sie mit gekräuselter Stirn: »Glaubst du, dass die neue Kussagentur Erfolg hat?«

»Woher soll ich das wissen?«

»Was sagt dir dein Bauch?« Nervös pult sie an einem Nagelhäutchen rum.

Ich zucke die Achseln. »Vielleicht sollten wir einfach hingehen und es überprüfen.«

»Ich weiß nicht ... Wo bleibt denn da unser Stolz?«

»Ich pfeife ehrlich gesagt auf meinen Stolz, wenn Leo und Oskar gerade in der Bertelestraße hemmungslos rumküssen.«

Das scheint Junko zu überzeugen, jedenfalls zerrt sie mich augenblicklich vom Stuhl hoch und herrscht mich an, mein Eis könne ich gefälligst auch unterwegs aufessen.

Knappe 20 Minuten später stehen wir vor einem gelb getünchten Einfamilienhaus, in dem die auf Haarsträhnen herumlutschende Frenzy mit ihren Eltern wohnt. An der Tür pinnt ein Zettel: *Zur Agentur. Bitte hier klingeln.*

Ich habe schon fast meinen Finger auf dem Klingelknopf, als Junko meine Hand zurückreißt.

»Bist du irre? Pfoten weg!«

Da gerade eine Frau mit lilafarbenen Haaren um die Ecke biegt, gehen wir blitzschnell hinter einem Auto in Deckung.

»Wir müssen heimlich aufs Grundstück!«, zischt Junko. »Wie ich die Schlampen kenne, haben sie auch unsere Idee mit dem Loft geklaut!«

»Aber wenn's dort einen bissigen Köter gibt?«

»Für den Fall habe ich noch mein Schulbrot!« Junko zückt ein verknittertes Etwas aus der Jackentasche, das mich keinesfalls beruhigt. Ich möchte nur ungern von einem Dobermann zerfleischt vor den Pforten einer frisch gegründeten Kussagentur gefunden werden.

Aber es gibt kein Zurück.

»Bereit?«, fragt Junko.

»Ja.«

Wir passen einen günstigen Moment ab (kein Auto/kein Mensch/kein Schwein auf der Straße), dann huschen wir zur Pforte und klettern rasch drüber (Junko elegant/behände, ich trampelig/unbeholfen). Ein paar Sekunden lang halten wir den Atem an und lauschen, aber keine Bestie kommt angewetzt. Gefahr Hund gebannt. Bleibt nur zu hoffen, dass uns niemand vom Küchenfenster aus beobachtet hat.

Der Garten schimpft sich zwar Garten, besteht jedoch bloß aus einem abgefressenen Rasenstück mit zwei Friedhofssträuchern und eignet sich daher als Spionage-Ort ebenso wie eine Landebahn im Flutlicht. Nämlich gar nicht. Alles auf eine Karte setzend rennen wir einmal quer über die Grünfläche und gehen hinter einem der beiden Sträucher in Deckung. Junko lugt rechts um den Busch herum, ich links und dann sehen wir *ihn*. Den kleinen Geräteschuppen, der eingepfercht zwischen ineinander gestapelten Gartenstühlen, einem Gartentisch und einem Sonnenschirmständer sein kärgliches Dasein fristet.

»Der Ort des Grauens«, raunt mir Junko zu.

»Wie Recht du hast!«, flüstere ich zurück.

Wie befürchtet prangt ein fettes, rotes Schild an der Tür. AGENTUR – BITTE DREIMAL KLOPFEN, ERST DANN EINTRETEN.

Junko lässt sich ermattet ins Gras sinken. »Diese hundsgemeinen Schnepfen! Diese fiesen Gänse! Diese …«

»Psst!« Ich schaffe es gerade noch, wieder in Deckung zu gehen und Junko den Mund zuzuhalten, denn just in diesem Moment geht die Schuppentür knarrend auf und Stimmengewirr ist zu hören.

»Nee. Doch keine Kundschaft«, ruft Frenzy ihren Freundinnen zu. Peng – donnert die Schuppentür wieder zu.

»Hah!«, ächzt Junko befriedigt, um gleich darauf einen heiseren Lacher auszustoßen. »Die sitzen total auf dem Trockenen! Weil kein Schwein Lust hat, sie zu küssen!«

Ich bin zwar genauso erleichtert wie Junko, trotzdem finde ich, dass wir noch ein Weilchen bleiben und die Lage beobachten sollten. Dass zurzeit kein Kunde da ist, bedeutet ja noch lange nicht, dass nicht gleich eine ganze Horde kusswütiger Jungen einfallen wird.

»Okay, machen wir.« Junko wischt an ihrem schon etwas durchweichten Hinterteil herum.

Mein Po fühlt sich ebenfalls klamm an, aber als Vollprofis müssen wir das hier jetzt zu Ende bringen.

Sekunden vergehen, Minuten, eine halbe Stunde – niemand taucht auf. Nach einer weiteren halben Stunde schlägt Junko vor, langsam die Zelte abzubrechen. Weil ich nicht scharf auf eine Blasenentzündung bin und die Hausaufgaben zudem noch nicht erledigt sind, rappele ich mich langsam hoch und klopfe mir die Hosenbeine ab.

»Tja!«, sage ich schadenfroh. »*Diese* Kussagentur ist wohl ein Reinfall!«

Junko kichert, im selben Moment wird im Schuppen lautstark gejohlt und schmatzende und ächzende Geräusche sind zu vernehmen. Wenn mich nicht alles täuscht, ist auch männliches Geschmatze dabei.

»Lass uns abhauen!«, wispert Junko.

Ohne Rücksicht auf vielleicht durchs Küchenfenster spähende Mütter rennen wir durch den Garten, klettern über die Pforte und bringen uns an der nächsten Straßenecke in Sicherheit.

»Die Kerle sind schon im Schuppen!« Junko ist knallrot und japst nach Luft. »Wahrscheinlich haben sie die Blumenwiese einfach ausgelassen und gleich mit dem Küssen losgelegt!«

Junko mag Recht haben, dennoch kann ich mir kaum vorstellen, dass vier Mädchen mit mehreren Jungs in einem winzigen Schuppen zusammenhocken und sich wild voreinander abküssen. Aber so viele Gegenargumente ich auch ins Feld führe, Junko will sich einfach nicht von ihrer fixen Idee abbringen lassen.

»Wie demütigend, all unsere Kunden an diese blöden Puten zu verlieren!«, jammert sie auf dem Rückweg. »Stell dir vor, Oskar und Leo sind auch mit von der Partie!«

Das – so sagt mir mein gesunder Menschenverstand – wird schon nicht der Fall gewesen sein. Leo mag zwar ein Idiot sein, doch um sich an einer Sache wie Gruppenküssen zu beteiligen, ist er hundertprozentig zu schüchtern.

18

Am nächsten Tag ist das Wetter fürs Schwimmbad zu schlecht, aber immer noch gut genug, um die Campingstühle zu schnappen und es sich in Sannes Garten, vor unserer ehemaligen Agentur, gemütlich zu machen.

Gerade als Junko und ich mit dem Abfragen der Englischvokabeln anfangen wollen, klappt die Gartenpforte und Leo humpelt auf den Hof. Mein Herz fängt an zu stolpern.

»Guck mal, Leo!« Junko rempelt mich an, als sei ich blind.

Im selben Moment hebt Leo seinen Arm wie einen lahmen Flügel, stößt ein kratziges »Hi« aus und steuert wie selbstverständlich unsere ehemalige Loft-Agentur an. Eine Sekunde später ist er im Schuppen verschwunden.

»Kapierst du das, Junko?«

»Nee.« Sie schiebt ihre Brille auf die Nasenwurzel und schielt darüber hinweg.

»Das ist Hausfriedensbruch!«, keife ich, bin jedoch nicht in der Lage, aufzustehen und Leo vom Grundstück zu verjagen.

Gepolter dringt aus dem Schuppen, dann blechernes Scheppern, von lautstarkem Geächze untermalt. Keine Ahnung, in welchem Film wir gerade gestrandet sind, auf jeden Fall aber im falschen und dazu in einem reichlich unschönen.

»Was treibt der da?«, fragt Junko, indem sie kaum die Lippen bewegt.

»Kann ich vielleicht hellsehen?«

Wieder Getöse und Radau, da fliegt die Tür auf und Leo wuchtet angestrengt stöhnend den Tapeziertisch (*unseren* ehemaligen Arbeitstisch!) aus dem Schuppen.

Jetzt reicht es mir.

»Moment mal!«, rufe ich, doch als hätte Leo mich gar nicht gehört, humpelt er auf schnurgeradem Weg Richtung Gartenpforte, kurz darauf kommt er allerdings mit zwei Plastikstühlen zurück.

»Wahrscheinlich ist ihm deine Ohrfeige damals nicht bekommen«, vermutet Junko.

Unser Gekicher hat wenigstens zur Folge, dass Leo für einen Moment zu uns rübersieht – wenn auch mit reichlich irrem Blick.

»Können wir dir irgendwie helfen?«, flötet Junko.

»Nö.« Leo stellt die beiden Stühle vor dem Tapeziertisch ab, wirft uns ein genuscheltes »Ciao!« hin und schon ist er wieder weg.

Junko und ich bleiben wie chloroformiert zurück.

»Wir müssen Sanne informieren«, beschließe ich. »Nicht dass er hier demnächst noch seinen Müll ablädt. Oder Stinkbomben.«

Auf dem Weg in die Apotheke erklärt mir Junko, in gewisser Weise sei es ja nur von Vorteil, dass Leo einen Hau weg habe, so würde es mir bestimmt leichter fallen, mich zu *entknallen*. Hoffentlich hat sie da Recht. Im Moment bin ich eher dabei, seine Handschrift (von der ich noch eine kleine Schriftprobe besitze) süßer denn je zu finden.

Sanne bedient gerade einen Kunden, als wir in die Apotheke schneien.

»Davon nehmen Sie täglich dreimal drei Tropfen. Aber bitte vor dem Essen.«

Ihr Kollege, der bärtige Herr Schuster, will uns in der Zwischenzeit drannehmen, aber Junko und ich deuten wortlos auf Sanne, woraufhin wir wie die Kleinkinder mit zuckerfreien Hustenbonbons vertröstet werden.

Es dauert nur ein paar Minuten, dann ist Sanne frei. In der Hoffnung, dass der Vollbartträger seine Lauscher in die andere Richtung aufstellt, raune ich meiner Patentante zu, Hannes' Sohn sei gerade verrückt geworden.

»Stell dir vor! Er war vorhin in *deinem* Garten und hat aus *deinem* Schuppen *deinen* Tapeziertisch entwendet!«

Mit raschem Seitenblick auf Herrn Schuster entgegnet Sanne: »Keine Sorge. Das hat schon alles seine Richtigkeit.«

»Wie bitte?« In meinem Magen tanzen auf einmal lauter Reißzwecken durcheinander.

»Ich hab ihm den Auftrag gegeben.« Komischerweise läuft Sanne im selben Moment puterrot an (was bei ihr Seltenheitswert hat) und bittet uns, draußen auf sie zu warten, sie wäre gleich bei uns.

Exakt 60 Sekunden später stößt sie die Ladentür auf. Die Jeansjacke nur locker über den Kittel geworfen, glüht sie immer noch, als habe sie mindestens 40 Grad Fieber.

»Effi, eigentlich wollte ich nachher sowieso mit dir sprechen. Ich konnte ja nicht ahnen, dass ihr ausgerechnet heute kommt.«

»Aber du hast doch selbst gesagt, es wäre okay!«

»Natürlich ist es okay, nur ...« Sie legt den Arm um meine Schulter und drückt mich ein bisschen. »Leo trifft schon mal ein paar Vorbereitungen fürs Gartenfest.«

»Aber wieso denn Leo?«, frage ich verwirrt. »Ausgerechnet der!«

»Hat Heike dir nichts gesagt?«

Ich schüttele den Kopf und verkneife mir die Bemerkung, meine Mutter würde mir eher selten Dinge von Belang mitteilen.

»Also. Es ist nämlich so.« Sanne holt tief Luft. »Hannes und ich – wir sind jetzt zusammen.«

Nun tanzen die Reißzwecken in meinem Bauch auch noch Cancan. Leos Vater. Der Typ, mit dem sie mal in einer Studentengruppe war.

»Na, dann herzlichen Glückwunsch«, sage ich matt. Wenigstens eine Person in meinem Umfeld, die im Liebesglück schwelgen darf.

Sanne quiekt nun wie ein Teenager. Und ich hatte immer geglaubt, eines Tages würde dieses alberne, hormonell bedingte Geglucksе mal aufhören.

»Heißt das, Leo wird jetzt öfter dort aufkreuzen?«

»Ich denke schon.«

Sanne hat sichtlich ein schlechtes Gewissen. Dabei kann sie natürlich am allerwenigsten etwas dafür, dass Leos und mein Verhältnis so vermurkst ist.

»Aber das ist nicht der einzige Grund, warum ich mit euch sprechen wollte.«

Wir setzen uns auf eine Bank vor dem Brunnen und

beobachten, wie Dutzende Tauben mit wackelnden Köpfen über die moderne Skulptur watscheln.

»Ihr wollt doch bestimmt immer noch Geld verdienen, oder?«

»Na klar!«, rufen Junko und ich wie aus einem Munde. Taschengeldsperre, so gut wie keine Ersparnisse – was für eine Frage!

»Das trifft sich gut.« Sanne greift sich in ihre Locken, um sie kräftig zu verwuscheln. »Hannes' Mutter hatte nämlich gerade eine Hüftoperation. Jetzt sitzt sie in ihrer Wohnung im vierten Stock und kann nicht einkaufen gehen.«

»Aha«, sagen Junko und ich wieder wie eineiige Zwillinge.

»Eigentlich sollte Leo das übernehmen, aber mit seinem Knie ... Besonders das Treppensteigen fällt ihm schwer.« Sanne seufzt. »Lange Rede, kurzer Sinn: Pro Einkauf würde Frau Gerber euch zwei Euro bezahlen. Ich weiß, das hört sich nicht besonders viel an, aber ...«

»Machen wir«, verkünde ich ohne groß zu überlegen.

Zwei Euro pro Einkauf – fürs Küssen gab's immerhin nur einen!

*

Leos Omi ist eine besonders liebe Omi. Noch bevor wir am folgenden Nachmittag zum Supermarkt aufbrechen, verköstigt sie uns mit Milchshakes. Sobald wir dann mit diversen Einkaufstaschen und ihrem Portemonnaie ausgestattet in der Tür stehen, steckt sie uns schon mal vorab ein üppiges Trinkgeld von jeweils 50 Cent zu.

»Was meint ihr?«, fragt sie, indem sich Tausende von Lachfältchen rund um ihre Augen auffächern. »Könntet ihr ab sofort vielleicht zwei- bis dreimal die Woche für mich einkaufen gehen?«

»Yippie! Logisch! Können wir!«, rufe ich.

Draußen auf der Straße fällt mir Junko um den Hals und drückt mich so fest an sich, dass ich beinahe ersticke. Erst nachdem ich ihr auf den Fuß trete, lässt sie gnädigerweise wieder von mir ab, quietscht dabei aber unentwegt: »Ich hab's! Ich hab's! Ich hab's!«

»Ganz ruhig, Junko.« Ich spreche zu ihr wie zu einem verwirrten Menschen. »*Was* hast du?«

»Wir machen eine Agentur auf!«

»Oh no! Nicht schon wieder«, stöhne ich. »Das gibt doch nur Ärger.«

Junko bleckt ihre Zähne. »Warum sollte es Ärger geben, wenn wir einen Einkaufsdienst für alte, hilfsbedürftige Menschen ins Leben rufen? Ist das etwa dasselbe wie Jungs auf einer Wiese zu küssen?«

Da es natürlich nicht dasselbe ist und ich mich sowieso nur darüber ärgere, nicht selbst darauf gekommen zu sein, tue ich so, als müsste ich mir die Sache erst mal durch den Kopf gehen lassen.

»Die Idee ist doch Spitze, oder?«, nervt Junko weiter.

»Ja, schon …«

»Aber?«

»Jetzt gucken wir erst mal, ob wir es überhaupt packen, für andere Leute einzukaufen.«

Junko sieht mich an, als hätte ich sie nicht mehr alle.

Einkaufen sei ja wohl pipieinfach. Dass ich allerdings gar nicht mal so Unrecht habe, wird schon kurz darauf beim Sichten des Einkaufszettels klar. Er ist beinahe so lang wie eine auseinander gerollte Klorolle und so kompliziert wie Mathe und Physik zusammen. Fast eine ganze Stunde flitzen wir durch den Supermarkt, suchen die Aufbackbrötchen der Firma XY, die Zahnpasta mit dem roten Kringel am Verschluss, die Milch, die am längsten frisch bleibt ... Wir rennen uns die Hacken ab, um irgendwo Kekse mit Schokofüllung, aber ohne Haselnüsse aufzutreiben, Tiefkühlerbsen, die nicht größer als Perlen sind, Fertigpizza mit Champignons und besonders viel Käse, aber bitte kein Mozzarella, und so weiter und so fort ...

Als wir schließlich an der Kasse anstehen, sind wir total geschafft. Doch damit nicht genug. Brot, Brötchen, Kekse, Reis, Kartoffeln, fünf Obstsorten, fünf Gemüsesorten, Quark, Butter, Käse, Kuchen mit Streusel, Kuchen ohne Streusel, Aufschnitt, Säfte, Toilettenpapier, Zahnprothesen-Pflegemittel – das alles schleppen wir kurz darauf mit hochroten Gesichtern durch die halbe Stadt und dann hinauf in den vierten Stock. Kein Wunder, dass sich unsere Auftraggeberin so spendabel gezeigt hat und uns gleich ein zweites Mal verköstigt. Einkaufen ist Knochenarbeit. Etwas für wirklich Hartgesottene.

Den Magen voller Kuchen mit und ohne Streusel, stehen wir eine halbe Stunde später wieder auf der Straße.

»Die Kinderfotos von Leo sind ja ganz herzallerliebst.«

»Mhm, total schnuckelig«, grummele ich.

Leos Omi hat es sich nicht nehmen lassen, uns zusätzlich zu Kakao und Kuchen mit Familienfotos aus den letzten drei Jahrhunderten zu quälen.

»Immer noch Lust auf eine Einkaufsagentur?«, will ich von Junko wissen.

»Aber klar doch! Es wird ja wohl nicht jeder hilfsbedürftige Mensch so ein Vielfraß sein, oder?«

Damit hat sie allerdings Recht.

»Du bist also dabei?«

Ich nicke. Für meinen Traum vom Strandkorb tue ich ja fast alles.

Doch diesmal müssen wir ganz genau überlegen, wie wir die Sache aufziehen. Wir können unmöglich wie beim letzten Mal rosarote Flyer in der Schule verteilen und darauf hoffen, dass der Furunkel oder irgendein durchgeknallter Schüler unseren Service bucht.

»Gehen wir in unsere Ex-Agentur?«, frage ich so beiläufig wie möglich. »Da fällt das Nachdenken leichter.«

»Also ich kann am besten mit einer Eistüte in der Hand nachdenken«, mault Junko, woraufhin sie sofort einen Rüffel von mir kriegt. Als ob wir nicht schon genug Süßkram im Magen hätten.

»Du willst ja nur ganz zufällig Leo über den Weg laufen.«

»Gar nicht wahr! So ein Unsinn.«

»Wenn hier eine Unsinn redet, dann du!«

»Nein, du!«

So kabbeln wir uns eine Weile weiter, bis ich unter Junkos Androhung, sie würde die Agentur andernfalls mit Jana aufziehen, zumindest zugebe, dass ich Leo einfach gerne beim Aufbauen der Tische zusehen würde.

»Verstehe. Damit du in aller Ruhe sein Hinterteil begaffen kannst!«

»Leos Hinterteil interessiert mich weniger als die Zahnprothesen-Pflegemittel seiner Omi!«, stöhne ich genervt und das ist noch nicht mal gelogen.

»Okay«, lenkt Junko endlich ein. »Gehen wir in die Ex-Agentur.« Sie treibt mich wie einen lahmen Gaul über die Straße. »Aber dann musst du es Leo sagen.«

»*Was* soll ich ihm sagen?«

»Dass es dir mit der Ohrfeige Leid tut. Und dass du in Wirklichkeit …« Ihr Gesicht wird zu einer grinsenden Fratze. »… seine Handschrift total süß findest, sonst wird das nie was mit euch beiden …«

Junko stellt sich das so einfach vor. Man geht zu dem Objekt seiner Begierde (dem man quasi aus Versehen ein paar gescheuert hat) und verklickert ihm, dass alles nur ein Missverständnis gewesen ist. Niemals! Eher mache ich Jana mit den stechenden Augen eine Liebeserklärung. Außerdem ist und bleibt Leo ein mieser Gerüchteverbreiter!

Um mir nicht weiter Junkos neunmalkluge Ratschläge anhören zu müssen, lenke ich das Gespräch auf unser neues Projekt.

»Vielleicht sollten wir eine Anzeige in die Tageszeitung setzen«, schlage ich vor. »Irgendwie müssen die hilfsbedürftigen Menschen ja von unserem Einkaufsservice erfahren.«

»Viel zu teuer!« Junko nimmt ihre Brille von der Nase und kaut auf den Bügeln herum. »Besser, wir bringen überall in der Stadt Zettel an. Zum Beispiel an Ampeln und in Supermärkten.«

Je näher wir der Agentur kommen, desto heftiger beginnt mein Herz zu klopfen. Falls Leo da sein sollte ... Vielleicht nehme ich tatsächlich all meinen Mut zusammen und sage es ihm. Und dann werden wir uns unter Junkos neidischen Blicken in die Arme sinken und uns ewige Liebe schwören.

Doch dann kommt alles ganz anders.

Leo *ist* da.

Allerdings nicht allein. Ein blondes Mädchen in äußerst knapper Hüfthose hilft ihm beim Aufstellen eines Sonnenschirms. Und als wir im Abstand von maximal drei Metern an ihm vorbeispazieren, tut er einfach so, als wären Junko und ich unsichtbare Wesen.

19

Liebeskummer tut weh. Um nicht zu sagen *sauweh.* Seit Leo mich auch noch mit dem Mädchen in der Hüfthose belogen und betrogen hat, leide ich wie eine liebeskranke Taube. Mindestens. Junko ist zwar der Ansicht, Leo habe mich gar nicht mit der Blondine belogen und betrogen (weil man niemanden belügen und betrügen könne, mit dem man überhaupt nichts am Laufen hat), doch ich sehe das anders. Schade, dass ich nicht mal Flügel habe, um vor einen Bus zu flattern.

Aber das Leben ist nicht nur ungerecht. Immerhin beschert es Junko und mir einen bombigen Agenturstart. Kaum kleben die neuen Flyer an öffentlichen Plätzen und in Supermärkten, laufen schon die Drähte heiß. 13 Anfragen in gerade mal zwei Stunden – keine schlechte Bilanz.

Doch statt sich darüber zu freuen jammert Junko, das wäre ja wohl nie zu schaffen. 13 Mal klorollenlange Einkaufszettel abarbeiten …

»Reiß dich bitte zusammen!«, herrsche ich sie an. »Hauptsache, es kommt Geld in die Kasse! Und küssen konntest du schließlich auch ohne Ende!«

»Davon kriegt man aber auch keinen krummen Buckel und keine Sehnenscheidenentzündung.«

Junko legt ihre Stirn eine Weile in tiefe Denkerfalten, dann verkündet sie ihren neuesten Genieblitz: »Effi, wir müssen uns Angestellte zulegen. Und zwar kräftige Leute, die viel tragen können.«

Gar keine schlechte Idee. Zumindest wenn es um Getränkekisten, Milchflaschen und andere schwere Lebensmittel geht.

Da der Mutant in diesem Moment an der geöffneten Zimmertür vorbeihuscht und gleich wieder zu entschwinden droht, brülle ich: »Lukas, kommst du bitte mal!«

Schlurfende Schritte sind zu hören, dann steckt er seinen Kopf zur Tür herein.

»Was gibt's?«

»Hör zu ... Wir haben da ein Problem.«

In knappen Worten schildere ich ihm die Lage ohne allerdings den Horror-Einkauf für Leos Omi in allen grausamen Details auszuplaudern.

»Versteh ich das richtig? Ihr braucht jemanden, der das ganze Dosenfutter und Zahnprothesen-Zeug schleppt?«

»Ganz genau. Oder uns mal einen kompletten Dienst abnimmt.«

»Okay, könnte ich machen. Ihr kassiert zwei Euro pro Einkauf?«

»Ja, aber davon können wir dir höchstens einen zahlen«, pokere ich. »Weil wir ja auch die Organisation machen und die Telefonkosten tragen.«

Der Mutant presst seinen Mund zu einem Schlitz zusammen, überlegt ein paar Sekunden lang, dann nickt er und verlässt schleppenden Schrittes das Zimmer.

Ich bin einfach nur baff. Nie im Leben hätte ich es für möglich gehalten, dass sich mein hoch geschätzter Angeberbruder auf so einen Kuhhandel einlässt. Für uns die Arbeit zu erledigen und dabei noch nicht mal das volle Honorar abzukassieren.

»Hey, dein Bruder kann ja richtig charmant sein!«

»Charmant? Die alte Petze hat nur ein schlechtes Gewissen! Schließlich hat er uns doch den ganzen Ärger eingebrockt!« Ich entferne eine Staubfluse von meinem Bett. »Er war schon die ganze letzte Zeit so schleimig.«

»Umso besser. Hauptsache, wir haben einen Mitarbeiter.« Junko rutscht nervös auf ihrem Po hin und her. »Meinst du, Oskar würde da auch mitmachen?«

»Oskar? Der Mann, in den du zu einem Prozent verknallt bist?« Ich sage das todernst, das Grinsen dazu kann sich Junko bitte schön denken.

»Ja, genau der.« Sie mustert verträumt ihre Fingernägel. »Ist dir mal aufgefallen, wie lang seine Wimpern sind?«

»Mhm«, mache ich und grinse jetzt doch. »Ganz schön lang.«

»Also? Du hast meine Frage noch nicht beantwortet.«

Affektiert mit den Wimpern klimpernd erwidere ich: »Wenn er in dich verknallt ist, wird er auch umsonst und auf Knien durch alle Supermärkte dieser Welt robben.«

★

Oskar *ist* in Junko verknallt. Das stellt sich gleich am nächsten Morgen noch vor der Deutschstunde bei Henne raus.

Wir warten am schwarzen Brett, bis der Junge mit den schönen Wimpern, auch Klassenstreber genannt, die Tür aufstößt, wie üblich seine Hefte unter den Arm geklemmt. Als Junko ihm zulächelt, wird er schweinchenrosa, als sie ihn dann geradeheraus fragt, ob er vielleicht/eventuell bei den Einkaufsdiensten mitmachen würde, erklärt er mit Weichspülerstimme: »Gerne. Wirklich sehr gerne.« Er kratzt sich erst am linken, dann am rechten Ohr. »Falls ihr noch keinen Schatzmeister habt, könnte ich das auch übernehmen.«

Ich muss zugeben, dass sich der eigene Liebeskummer nicht gerade dadurch verflüchtigt, dass die beste Freundin kurz davor ist, nur noch Herzchen in den Augen zu haben. Und weil Junkos Dauergegrinse einfach nicht mehr zu ertragen ist, verkrümele ich mich in der großen Pause hinter den Paravent, den der Kunstleistungskurs in der Aula aufgestellt und mit abstrakten Porträts behängt hat. Soweit ich die Lage peile, ist dies der einzige Ort in der Schule, wo man vor liebestollen Freundinnen seine Ruhe hat.

Ich hocke mich im Schneidersitz auf den Boden und atme erst einmal tief durch. Dann genehmige ich mir den Schokoriegel, den ich heute Morgen aus Lukas' Schulmappe gemopst habe. Nicht ganz die feine Art, aber Mutanten haben es manchmal nicht anders verdient.

Gerade als ich den letzten Bissen runtergeschluckt habe und das Papier zerknülle, höre ich einen Jungen jenseits des Paravents sagen: »... bin ich denn komplett bescheuert? Bevor ich Jana oder diese eklige Frenzy küsse ... Bäh, die lutscht ständig auf ihren Haaren rum!«

Lautes Gelächter. Ich presse mich dichter an den Paravent und stelle neugierig meine Lauscher auf.

»Da geh ich wirklich lieber kicken.«

»Ich auch. Ist ja wohl klar«, tönt ein anderer und ein Dritter, der ziemlich nach meinem Blumenwiesen-Ulli klingt, stellt die Frage, ob denn überhaupt schon mal jemand einen Fuß in die neue Kussagentur gesetzt hätte.

»Boah – nee!«

»Spinnst du?!«

»Igitt!«

Alles redet durcheinander, dann wird ein Witz gerissen, der jedoch in allgemeinem Gelächter und Gegröle untergeht.

Die neue Kussagentur ist ein Reinfall! Was für Balsam für meine gebeutelte Seele!

Ich will schon aufstehen und mich mit schadenfrohem Gegrinse auf den Lippen verdrücken, als plötzlich Lukas' Name fällt. Neugierig, wie ich bin, gehe ich sofort wieder im Schutz des Paravents in Deckung. Fußball ist Thema. Alle wären heilfroh endlich wieder in alter Besetzung zu spielen, nachdem die erste Kussagentur (also unsere) so viel durcheinander gebracht hätte.

»Lukas ist aber auch ein Spinner!«, ruft einer der Jungen. Wenn mich nicht alles täuscht, ist es Peter. »Überall rumzuerzählen, dass man da wild rumküssen kann.« Er lacht scheppernd. »Nur weil er seine kleine Schwester knutschend mit Leo gesehen hat ...«

Meine Atmung setzt für ein paar Sekunden aus. Der Mutant, dieser Schweinehund!

Schon prahlt Ulli: »Leute, mich hat Effi total gerne geküsst! Ich musste sie fast bremsen, damit sie mal wieder aufhört.«

Ich bin nahe dran, wie von der Tarantel gestochen um den Paravent herumzufahren und Ulli eine Ohrfeige zu verpassen, die er sein Leben lang nicht vergessen wird, aber dann reiße ich mich doch am Riemen. Zu spannend sind die Enthüllungen jenseits des Windschirms.

»Die beiden Hühner sollen froh sein, dass wir ihnen das

Küssen überhaupt beigebracht haben!«, brüstet sich einer, dessen Stimme ich nicht einordnen kann.

»Oha! Von dir Idiot kann man so was lernen?! Wusste ich ja gar nicht!«

»Aber von dir, was?«

Eine Weile versuchen sich die Jungs gegenseitig zu übertrumpfen, wer wie oft und mit welchem Erfolg geküsst hat, wobei jeder der beste Küsser der Nation ist. Man feixt, beleidigt sich gegenseitig und ich fühle mich wieder mal in meinem Vorurteil bestätigt, dass die meisten Jungs nichts weiter als blöde Angeber sind.

Es klingelt und das Grüppchen zuckelt langsam los. Ich kriege nur noch mit, wie jemand über meinen *dämlichen Bruder* ablästert, der erst aus Jux so ein Gerücht in die Welt setzt und sich hinterher beschwert, dass niemand mehr zum Fußball kommt.

»Gehirnlos wie immer«, spottet Ulli, dann verschwinden die Jungs im Physiktrakt.

Völlig mit den Nerven am Ende wanke ich kurz darauf zurück in den Klassenraum.

»Wo warst du bloß die ganze Zeit?«, ruft Junko mir schon entgegen, aber ohne auch nur Piep sagen zu können lasse ich mich auf den Stuhl fallen. Meine Knie zittern, mein Hirn schwebt irgendwo in einem vernebelten Nirwana.

Erst auf dem Nachhauseweg sind meine Sprechwerkzeuge wieder so weit intakt, dass ich Junko alles erzählen kann.

»Dann war es ja gar nicht Leo!«, stellt sie scharfsinnigerweise fest.

»Nein!«, jaule ich auf. »Ich hab ihm die ganze Zeit Unrecht getan! Und mein blöder Bruder …«

Vor lauter Wut kann ich kaum weitersprechen. Warum hat mir der Mutant damals im Bus nicht die ganze Wahrheit gesagt? Das wäre die Chance für ihn gewesen, noch einigermaßen glimpflich aus der Sache rauszukommen.

»Ach! Vergiss Lukas!«, lautet Junkos zweite scharfsinnige Bemerkung an diesem Tag.

»Ich kann ihn gern an dich abtreten. Er ist sowieso scharf auf dich.«

»Quatsch!«

»Und ob! Er hat als einer der Ersten bei uns gebucht, weißt du nicht mehr? Und wenn ich deinen Namen erwähne, kriegt er manchmal rote Ohren.« Ich knuffe Junko. »Also? Wie wär's?«

Junko kichert. »Vielen Dank. Kein Bedarf.«

»Ehrlich?«

»Ehrlich.«

Uff. Gott sei Dank. Wenn Junko kusstechnisch auch noch an meinem Bruder interessiert wäre, würde ich ernsthaft an ihrem Verstand zweifeln.

Junko hakt mich unter. »Na komm, Effi, denk einfach daran, dass wir eine neue Agentur haben. Und zwar eine, die verdammt gut läuft.« Sie kichert. »Und auch die Herzen unserer Mütter erweicht!«

Leider, leider ist mir so gar nicht nach Lachen zu Mute.

»Aber mein Bruder wird rausgeschmissen«, verkünde ich nach einer Weile.

»Bist du blöd?«

»Allerdings. Viel zu blöd für diese Welt!« Einen Seufzer ausstoßend laufe ich schon mal voraus. Ich will nur noch nach Hause, um meinen Bruder zusammenzustauchen und mich danach im Bett zu verkriechen.

Doch Junko eilt mir nach und reißt mich am Arm zurück. »Dann hat Lukas ja sozusagen ein doppelt schlechtes Gewissen.« Sie quiekt aufgeregt. »Erst verbreitet er miese Gerüchte und dann verpetzt er uns auch noch!«

Ich nicke matt. Dass er sich nicht ganz wohl bei der Sache fühlt, ist ja wohl das Mindeste.

»Effi, das solltest du nutzen!«

»Wie meinst du das?« Ich sehe Junko begriffsstutzig an.

»Also ich an deiner Stelle würde Lukas gar nicht stecken, dass du jetzt Bescheid weißt!«

»Sondern –?«

»Ihn in aller Ruhe schmoren und seine Schuld abarbeiten lassen. Und er kriegt auch nur 50 Cent. Wenn überhaupt.«

Ich muss Junko mal kurz an mich drücken. Manchmal ist ihr Schlaumeiertum einfach Gold wert.

20

Vier Dinge passieren in den folgenden drei Tagen: Wir beziehen wieder unsere Agentur in Sannes Garten (allerdings draußen, weil Schweigemönch Leo den Tapeziertisch ja schon auf den Hof verfrachtet hat), der

Mutant arbeitet sich die Hacken für uns krumm und kriegt eine Riesenabfuhr von Junko (Schadenfreude! Schadenfreude!), Leo taucht ein zweites Mal mit der Blondine auf dem Hof auf (was mein Herz in 1000 kleine Stücke springen lässt) und Oskar und Junko küssen sich heimlich hinter der Hecke.

Am Ende des dritten Tages spaziert mein Bruder auf den Hof und will die zwei Euro, die er für den Einkaufsdienst bei Opa Huber kassiert hat, für sich allein behalten. 30 Dosen Würstchen, 5 Gläser Senf und 10 Päckchen Tabak – dafür sollte es eigentlich eine Schmerzenszulage geben.

»Ausgeschlossen!« Mit strengem Blick lässt Junko ihre Intelligenzbestienbrille auf die Nase rutschen. »Wir müssen schließlich unsere Unkosten decken.«

»Was für Unkosten denn?«, ereifert sich Lukas. »Ihr hockt hier den ganzen Nachmittag, mästet euch mit Gummibärchen und lasst andere für euch schuften!«

Junko lächelt verschlagen. »So sind nun mal die Bedingungen.«

»Dann steckt euch eure Bedingungen doch sonst wohin!« Der Mutant ist kurz davor, Gift und Galle zu spucken. »Ich kündige!«

In zwei Sätzen ist er an der Gartenpforte.

»Von mir aus«, rufe ich ihm wütend nach. »Aber dann werde ich Mama sagen, was für ein linker Hund du bist!«

Der Mutant dreht sich um und gafft mich an. »Ich? Wie meinst du das?«

»Lass es, Effi«, schaltet sich Junko ein, aber ich höre nicht auf sie. Dies ist eine Sache allein zwischen meinem Bruder und mir.

Wie ein Tiger in der Manege pirsche ich mich an ihn heran, wobei meine Augen hoffentlich auch genauso böse funkeln. Prompt weicht Lukas einen Schritt zurück.

»Spinnst du?«

»Nee. Gar nicht.« Ruckartig bleibe ich stehen und lächele wie auf Bestellung. »Komm. Lukas. Hör auf mit den Spielchen.«

»Was denn für Spielchen? Keine Ahnung, wovon du überhaupt redest!« Lukas schaut drein, als hätte man gerade einen Eimer mit Gülle auf seinem Kopf entleert.

»*Du* hast allen Jungs erzählt, wir würden gratis küssen! Und jetzt rede dich bitte nicht raus!«

Der Mutant ist so baff, dass sein Mund wie bei einem Karpfen offen stehen bleibt. Und als er nach Luft schnappen will, verschluckt er sich auch noch.

»Woher weißt du das?«, fragt er hustend und röchelnd.

»Aus sicherer Quelle. Als Frau von Welt hat man eben seine Informanten.«

Mein Bruder schaut auf seine Füße, die in den letzten Monaten zu zwei riesigen Kanus geworden sind.

»Also?«

Den Blick nicht von den Kanus lassend nuschelt er: »Sorry, Effi. Tut mir Leid. Wirklich.«

»Das ist alles, was du dazu zu sagen hast?«

Lukas sieht mich zerknirscht an. »Weiß auch nicht ... Eigentlich wollte ich das gar nicht.« Und mit wieder gesenktem Kopf fährt er fort: »Hab wohl nicht richtig nachgedacht.«

Ich quieke so schrill wie ein Quietscheentchen. Was für eine lächerliche Ausrede!

Ausgerechnet in diesem Moment trottet Leo, einen riesigen Bottich vor sich hertragend, aufs Gelände. Unsere Blicke treffen sich, allerdings viel zu kurz, um wenigstens schnell ein Lächeln anzuknipsen. Schon ist Leo im Schuppen verschwunden. Bloß einen Atemzug später kommt Junko auf mich zugeschossen und herrscht mich an, ich solle ihm nachgehen, jetzt sofort, und die *Sache* endlich klarstellen. Gute Idee, nur leider fühle ich mich gerade wie einbalsamiert. Kann weder meine Beine voreinander setzen geschweige denn reden.

»Stress mit deinem Lover?«, fragt der Mutant.

»Halt ja deine Klappe«, fauche ich zurück.

»Okay, okay.«

Lukas hebt beschwichtigend die Hände, aber ich lasse ihn einfach stehen und düse auf die Straße. Alles ist besser als Gefahr zu laufen, noch einmal meinem *Lover*, mit dem ich ja in der Tat Stress habe, zu begegnen.

Lukas kommt hinter mir hergeflitzt. »Wart mal, Effi! Ich würde am liebsten alles rückgängig machen! Das musst du mir glauben!«

»Gib dir keine Mühe. Du bist und bleibst ein dämlicher Mutant!«

»Ein was –?«

Statt zu antworten rüttele ich ihn: »Warum? Warum hast du das gemacht?«

Der Mutant macht sich los und hebt die Schultern. Guckt in den Himmel. Auf seine Füße. Dann schräg an mir vorbei auf einen am Straßenrand geparkten Oldtimer. Schließlich sagt er gequält: »Weiß nicht. Einfach nur so. Vielleicht um dich ein bisschen zu ...« Er stockt.

»... ärgern?«

Kopfnicken. Dann: »Es sollte bloß ein Spaß sein. Mehr nicht.« Lukas' Gesichtsausdruck nach zu urteilen ist gerade ein zweiter Eimer Gülle auf seinem Kopf ausgekippt worden. »Wenn ich gewusst hätte, dass meine Kumpels dermaßen darauf anspringen ...« Statt den Satz zu Ende zu bringen kickt er ein paar Steinchen vom Bürgersteig.

»Ach so ist das! Du hast also geglaubt, mich will sowieso niemand küssen!«

Ich laufe rasch weiter, aber der Mutant bleibt mir dicht auf den Fersen.

»Ehrlich gesagt weiß ich gar nicht so genau, was ich gedacht hab. Ich fand's einfach lustig«, meint er da allen Ernstes, »und dass keiner mehr zum Fußball gekommen ist, war für mich doch schon Strafe genug.«

Großartige Strafe! Ich würde Lukas gönnen, dass sich die komplette Fußballmannschaft auf immer und ewig in alle Winde zerstreut. Erst bringt er alle Jungs der Schule dazu, seine Schwester zu küssen, und dann petzt er auch noch. Kein Taschengeld und Fernsehverbot sind ja wohl 1000 Mal schlimmer als ein verpasstes Fußballspiel!

»Nun warte doch mal!« Lukas zerrt an meiner Hand wie an einem Zügel. »Ich möchte dir was vorschlagen.«

»Okay. Bitte sehr.« Mit vor der Brust verschränkten Armen bleibe ich mitten auf dem Bürgersteig stehen.

»Zwei Wochen Einkaufsdienst für dich und Junko ohne einen Cent Bezahlung. Wäre das okay?«

Auch wenn ich innerlich grinsen muss, bemühe ich mich um einen grantigen Gesichtsausdruck. Dann lasse ich mich dazu herab, zu sagen: »Gut. Geht in Ordnung.«

»Und danach sind wir dann quitt?«

»Jaaaa – quitt.«

»Ein für alle Male?«

»Ein für alle Male. Es sei denn, du denkst dir wieder so einen Schwachsinn aus!«

*

Die Sonne brennt, die Wolken hängen wie Wattebäusche am azurblauen Himmel, doch statt in die Agentur zurückzukehren laufe ich nach Hause und verkrümele mich im Bett. Manchmal hilft einfach nur diese kuschelige, tröstende Festung.

Immer wieder taucht Leo vor meinem inneren Auge auf und dann frage ich mich, ob ich wirklich in ihn verknallt bin oder mich bloß in die Sache reingesteigert habe, weil ich ihn nicht kriegen kann.

Am späten Nachmittag schneit Junko bei mir rein.

»Na? War Oskar noch in der Agentur?«, frage ich, indem ich meine Nase ins Kissen drücke. Eigentlich will ich alles, bloß nicht die Liebesgeschichten anderer Leute hören.

»Nur kurz. Wegen der Finanzen.«

»Und habt ihr euch wieder geküsst?«

Junkos Miene verdüstert sich schlagartig. »Wir haben uns nur einmal geküsst und ich weiß auch nicht, ob wir es jemals wieder tun werden.«

»Warum denn nicht?« Offen gestanden bin ich ziemlich erstaunt.

Junko plumpst neben mir in die Horizontale, wobei ihre Brille verrutscht.

»Na ja … Es war ein ziemliches Gesabber.«

»Wie bitte?« Ich schieße in die Senkrechte. »Oskar küsst mies?«

»Nein, nicht richtig mies.« Junko windet sich. »Eher unbeholfen.«

»Und warum bringst du ihm nicht bei, wie man gut küsst?«, erkundige ich mich. »Du hast doch jetzt massig Erfahrung.«

»Oskar ist ein Mathe-Ass. Ein Englisch-Ass. Ein Deutsch-Ass. Ein Geschi-Ass. Ein Physik-Ass. Und ein Erde-Ass!« Junko klingt richtig empört. »Soll ich da etwa zu ihm hingehen und sagen: Hey, Oskar, du kannst zwar alles, aber im Küssen bist du eine Niete? Das schaffe ich nicht!«

»Dann mach am besten Schluss«, sage ich nicht ganz uneigennützig. Und füge noch eine Fratze schneidend hinzu: »Mit einem miesen Küsser möchte ja wohl niemand was am Laufen haben.«

Junko grunzt. »Und wie soll man bitte schön mit jemandem Schluss machen, mit dem man gar nicht richtig zusammen ist?«

»Aber ist man nicht automatisch zusammen, wenn man sich küsst?«

»Ja klar!«, feixt Junko. »Dann bist du aber auch mit Leo liiert! Und mit Ulli und Alf! Hab ich zufällig jemanden vergessen?«

Ohne etwas zu erwidern flüchte ich mich in die Küche, wo ich mir erst mal zwei Gläser Wasser auf Ex genehmige. Ich will nicht über Leo reden – und basta.

Ein paar Minuten später kehre ich zurück und tue so, als wäre ich nur mal schnell auf der Toilette gewesen. Doch kaum setze ich einen Fuß in mein Zimmer, fragt Junko sensationslüstern: »Wie küsst Leo eigentlich? Gut?«

»Woher soll ich das wissen? Das Ganze hat nicht mal eine Sekunde gedauert.«

Junko schnappt sich den Apfel, der schon seit ein paar Tagen auf meinem Turnbeutel vor sich hin modert, und beißt hinein. »Weil du sofort deine Fäuste einsetzen musstest! Du brutales Weib!«

Während sie schmatzt und kaut und grinst, träume ich mich zurück auf die Wiese. Auch wenn es nur ein winziger Moment in meinem Leben war: Leo *hat* gut geküsst. Warm und weich und kein bisschen sabberig.

21

Am Tag des Sommerfestes ist meine Laune schon beim Aufwachen unter dem Gefrierpunkt. Und alles nur wegen Leo, der heute Nachmittag garantiert mit seinem blonden Sternchen aufkreuzen wird.

Gegen zehn platzt Mama in mein Zimmer und reißt die Gardinen so weit auf, dass mich die gleißende Sonne blendet.

»Aufstehen, du Faulpelz!«

Warum habe ich Mama gestern nur versprochen ihr bei den Vorbereitungen für das Buffet zu helfen? Es gibt wirklich Dinge, die mehr Spaß machen als für einen schwer verknallten Leo Gemüse zu schnibbeln und Fleischbällchen zu drehen.

Netterweise hat Mama schon alle Einkäufe erledigt, so dass ich nach dem Frühstück vorerst nur dabei helfen muss, zwei völlig versandete Salatköpfe auseinander zu pflücken und zu waschen. Insgeheim hoffe ich eine dicke Nacktschnecke oder besser noch eine Kakerlake zu finden, die sich dann – sofern das Schicksal gnädig ist und mitspielt – auf Leos Teller verirren wird, doch leider suche ich vergebens.

»Was hast du bloß für eine Stinklaune?«, fragt Mama, während sie zwei Pakete Nudeln ins kochende Wasser schüttet.

»Gar keine Stinklaune«, entgegne ich stinkig.

»Nein, natürlich nicht! Du strahlst wie das blühende Leben!«

In diesem Moment betritt der Mutant die Küche und tätschelt mir im Vorbeigehen die Schulter. »Komm, Effi, ich erledige das für dich.«

Nichts lieber als das. Ich lasse den Rest des Salatkopfes einfach ins Wasser plumpsen und schleiche mich unter Mamas erstauntem Blick aus der Küche. Wahrscheinlich denkt sie gerade, was ist denn mit meinem Sohn, dem sonst so muffigen Mutanten, passiert? Und der Mutant wird denken, meine arme kleine Schwester ist meinetwegen immer noch arg gebeutelt, also wasche ich ihr schnell mal eben sämtliche Nacktschnecken aus dem Salatkopf.

Kurz vor drei läuft Junko bis zum Anschlag aufgebrezelt bei mir auf, um mich zum Fest abzuholen. Mama, der Mutant und die Salate sind schon seit einer halben Stunde los.

»Du bist ja noch gar nicht fertig!«, meckert sie, als sie mich in Jogginghose und mit einem Riegel Schokolade im Mund auf dem Bett entdeckt. »Oder willst du etwa *so* gehen?«

»Und? Was wäre so schlimm daran?«

»Nichts ... Nur ... Ich dachte, dass du dich vielleicht wegen Leo ...«

»Ich rüsche mich nicht extra für die Kerle auf!«, plappere ich eine von Sannes Parolen nach. »Dafür bin ich viel zu emanzipiert!«

Junko tupft an ihrem himmelblauen Lidschatten herum, als sei ihr damit ein wirkliches Kunstwerk gelungen, und erklärt dabei, sie sei ebenfalls emanzipiert, superemanzipiert sogar, und trotzdem würde sie sich ab und zu gerne für sich *und* für die Kerle aufrüschen. »Kommst du jetzt endlich?«

»No!« Als wäre mir inzwischen alles auf dieser Welt piepegal, krabbele ich ins Bett und ziehe die Decke bis zur Nasenspitze.

»Nein?«, brüllt Junko mir ins Ohr.

»Nein! Ich will nicht auf dieses alberne Fest.«

»*Du* bist albern, nicht das Fest! Jetzt beeil dich! Sanne ist bestimmt traurig, wenn du dich nicht blicken lässt.«

»Und wenn Leos Hüfthosen-Tussi auch da ist?«

»Sie ist nicht da. Hundertpro!«

»Wieso bist du dir da so sicher?«

»Das rieche ich.« Junko schnuppert in die Luft, dann macht sie sich mit einem madonnenhaften Lächeln auf den Lippen an meinem Kleiderschrank zu schaffen. Als wäre es *ihr* Schrank, kriecht sie fast hinein und wühlt sich durch ungewaschene Haufen Jeans und T-Shirts.

»Bäh, wie eklig«, stöhnt sie, indem sie einzelne Teile mit spitzen Fingern auf den Teppich befördert. »Habt ihr eigentlich keine Waschmaschine?«

»Nee, wir lüften nur aus«, erwidere ich pampig.

Zwei Sekunden später hält Junko mir ein strandkorbgestreiftes Sommerkleid mit kurzen Ärmeln hin. »Das ziehst du an. Und dazu ...« Ihre Augen flitzen hin und her. »... deine grünen Flip-Flops.«

Ächzend schäle ich mich aus dem Bett und eigentlich weiß ich nicht mal, warum ich überhaupt nachgebe. Mir ist nicht nach Feiern zu Mute. Weder will ich bei Junkos und Oskars Kussübungen Spalier stehen noch Leo und seiner blonden Mieze über den Weg laufen.

Aber Junko ist nicht zu bremsen. Während ich mich anziehe, zückt sie ein Döschen Lidschatten aus ihrer quietschgelben Plastiktasche und verkündet: »Du kriegst jetzt erst mal einen neuen Farbanstrich.«

Nur widerwillig recke ich Junko mein Gesicht entgegen, doch als ich kurz darauf in den Spiegel schaue, muss ich zugeben, dass ich angepinselt und im Strandkorbkleid weitaus mehr hermache als in Jogginghose und mit Trauerkloß-Miene.

Schon kurz darauf starten wir. Junko springt und hüpft voraus, ich schleiche angestrengt hinterher, weil immer wieder kleine Steinchen in die Flip-Flops geraten. So wird der eigentlich kurze Weg zu einem schier endlosen Marsch. Nie wieder Flip-Flops, beschließe ich. Und nie wieder Gefühle in einen Jungen investieren. Beides bringt nichts als Ärger.

Das Erste, was ich beim Betreten des Hofes sehe, sind Sanne und Hannes, die selig lächelnd zu einem Schmusestück tanzen und dabei Gefühle verprassen, die für mich ja nun nicht mehr in Frage kommen.

Mit einem Stich im Herzen wende ich mich ab, quasi im selben Moment fällt mein Blick auf unsere Agentur, die seltsam bunt verkleidet ist. Eine Sekunde stockt mir der Atem, dann sackt sämtliches Blut in die untere Hälfte meines Körpers, um dort wilde Wellen zu schlagen: mein abfotografierter Mund, riesenhaft vergrößert und auf rote Pappe geklebt, daneben meine Augen auf blauer Pappe, Augen und Nase zusammen auf gelber Pappe, mein Charlie-Brown-Sweatshirt auf rosa Pappe, eine einsame Butterblume auf Silberfolie …

»Was zum Teufel ist das?«

»Die Sommerfest-Deko.« Junko klingt, als sei es vollkommen normal, dass einige meiner abgelichteten Körperteile hier in Großaufnahme angepinnt sind.

»Scheiße, Mann, das darf doch nicht wahr sein!«

Junko zerrt mich hinter den Schuppen, wo uns garantiert niemand behelligen wird.

»Was ist denn so schlimm daran? Ich wäre froh, wenn sich ein Junge meinetwegen so ins Zeug legen würde.«

Ich starre Junko entgeistert an. »Woher weißt du, dass es ein Junge war?«

»Na ja ... Weil ...« Junko mustert den Rasen so konzentriert, als würde er ihr gleich die passende Antwort zuflüstern.

Ich rüttele sie an ihrer Schulter. »Junko!«

»Ich war vorhin schon mal zufällig hier. Und da hat Leo gerade die ... ähm ... Kunstwerke angebracht.« Sie reckt sich, um die Schuppenwand besser in Augenschein nehmen zu können. »Hey, er ist aber ein richtig guter Fotograf, oder?«

»Und dann?«, frage ich mit eiskalter Stimme. Ich glaube nicht, dass Junko rein zufällig hier war. Der direkte Weg von ihr zu mir ist ein ganz anderer.

»Dann ... dann haben wir uns kurz unterhalten.«

»Worüber?«

»Och, über dies und das.« Junko räuspert sich laut und vernehmlich. »Auch über dich.«

»Ach ja?«

Am liebsten würde ich Junko an die Gurgel gehen.

»Übrigens, die Blonde in der Hüfthose ... Sie ist bloß seine Cousine.«

Als würden Junkos Worte gar nicht richtig zu mir

durchdringen, packe ich sie jetzt unsanft an ihrem Blumenkleidchen.

»Hey, du machst den Stoff kaputt!«, wehrt sie sich, aber ich kralle mich umso fester daran.

»*Was* habt ihr geredet?«

»Nichts. Wirklich! Ich hab ihm nur gesagt, dass du ihm eigentlich gar keine Ohrfeige geben wolltest.« Und flüsternd fügt sie hinzu: »Eher im Gegenteil.«

»Im Gegenteil? Du hast gesagt, im Gegenteil?!«

Ich lasse Junko so abrupt los, dass sie einen Meter zurücktaumelt. Wie kann sie nur! Wie unglaublich peinlich!

»Es ist mir eben so rausgerutscht. Tut mir Leid.«

»Und was hat er dazu gesagt?«

»Er hat gelächelt. Und gegrinst. Und war total verlegen.«

»Junko, misch dich bitte nie wieder in meine Angelegenheiten!«, herrsche ich sie an, während ich kaum noch ein glückliches Kichern unterdrücken kann. Leo hat gelächelt. Meinetwegen! Und vielleicht ist es gar nicht mal das Übelste, dass Junko Liebesbotin gespielt hat.

Oskar schießt um den Schuppen herum. »Ach, hier seid ihr! Dachte schon, ihr hättet euch gleich wieder verdünnisiert!«

In Junkos und Oskars Schlepptau wanke ich auf den Hof. Mein Mund fühlt sich pappig an, mein Gehirn wie Watte.

»Ah, da ist ja unser Fotomodell!«, begrüßt mich Hannes

und Sanne erklärt, sie sei ja so stolz ein derart fotogenes Patenkind zu haben.

Einige ihrer Freunde kommen hinzu, man redet über das Fest, die gelungene Dekoration (!), ich schiele derweil unauffällig nach links und rechts und entdecke Leo erst nach einer ganzen Weile. Ziemlich lässig lehnt er an der Mauer im hinteren Teil des Gartens, halb durch einen Busch verdeckt, die Hände in den Hosentaschen seiner hellen Sommerhose versenkt. Kaum dass sich unsere Blicke treffen, lächelt er. Und ich lächele zurück. So gut ich gerade kann.

»Hey, Effi, kommst du mal eben mit?«, ruft Sanne.

»Geht's auch ein bisschen später?«, entgegne ich. Irgendwie war es gerade so schön, mit Leo diese Herzklopfen auslösenden Blicke auszutauschen.

»Nein. Jetzt sofort.« Sanne zerrt mich wie einen störrischen Esel in den Schuppen.

Ich muss dreimal meine Augen reiben, bevor ich wirklich glaube, was ich sehe: Mitten im Raum steht ein wunderschön rot-weiß gestreifter Strandkorb, passend zu meinem Sommerkleid. Doch als wäre ich nicht von dieser Welt, frage ich: »Was ist das, Sanne?«

»Na, was glaubst du?«

»Ein Strandkorb?«

»Oh, du hast es begriffen! Wie schön!«

»Aber … für wen ist der?«

Statt zu antworten deutet Sanne nur lächelnd auf meine Wenigkeit.

»Wirklich? Echt wahr?«

Sanne nickt, allerdings nicht besonders lange, denn schon falle ich ihr um den Hals. Und zwar so stürmisch, dass sie kaum noch Luft bekommt.

Es ist nicht zu glauben! Da ackere und schufte ich und laufe Gefahr, es mir mit sämtlichen Elternteilen dieser Welt zu verderben, und dann schneit mir das Objekt meiner Begierde einfach von ganz allein ins Haus.

Sanne erklärt inzwischen, dass der Strandkorb aus dem Fundus des Theaters stamme, und mit Hilfe von Hannes' Kontakten konnte sie das Ding für ein paar Euro ersteigern.

»Wie viel schulde ich dir?«, frage ich sofort, aber Sanne legt bloß ihren Finger auf meine Lippen.

»Betrachte es als vorgezogenes Geburtstagsgeschenk.«

»Oh, das ist der Wahnsinn!«

Und weil ich mich so sehr freue wie seit langem nicht mehr, renne ich, immer wieder wildes Indianergeheul ausstoßend, ein paar Mal um den Strandkorb herum.

Ich komme erst zur Besinnung, als eine Jungenstimme ein paar Mal leise *Hallo* ruft und Sanne plötzlich verschwunden ist.

Und dann stehen Leo und ich uns gegenüber.

*

Es gibt Momente im Leben, da klopft das Herz so sehr, dass man erst mal kurz nach Luft schnappen muss.

Mitten in so einem Moment befinde ich mich gerade.

Leo lehnt an der Eingangstür, schweigend.

Ich halte mich am Strandkorb fest und sage ebenfalls

keinen Ton. Erst als ich befürchte, ich könnte umkippen oder der Himmel auf uns herabstürzen, presse ich hervor: »Die Deko ist aber wirklich schön geworden.«

»Findest du?«

Ich nicke.

Leo nickt ebenfalls. Und schweigt. Und gerade als ich denke, das wird nie im Leben was mit uns, sagt er: »Tut mir übrigens Leid wegen der Sache auf der Wiese.«

Ich hole einige Male tief Luft. »Mir tut es auch Leid, dass ich dir eine gelangt habe. Sorry. Ich hab mich wohl nur so erschrocken.«

Leos Pupillen jagen nervös hin und her. »Nein, eigentlich tut es mir gar nicht Leid. Ich wollte dich auf jeden Fall küssen. Weil ich dich schon länger ziemlich mag.« Die Luft knistert vor lauter elektrischer Spannung. »Und wenn ich ehrlich bin, würde ich es gerne noch einmal tun.«

Soweit ich mich erinnern kann, hat Leo noch nie so klar und deutlich und unverkrampft gesprochen. Und ich war noch nie so vernebelt im Kopf wie in diesen Sekunden. Weiß nicht, ob ich lachen oder weinen, rauslaufen oder drinnen bleiben soll.

Er mag mich schon länger. Wie lange denn? Und warum habe ich das früher nie bemerkt?

»Es sei denn, dich stört die Sache mit meinem Bein. Irgendwie …«

»Nein. Quatsch. Warum denn!« Und wenn Leo Warzen am Hinterteil hätte – auch das wäre mir piepegal.

Kaum sind die Worte verklungen, humpelt Leo schon

auf mich zu, ein bisschen zögerlich, wie es nun mal seine Art ist. Einen Meter vor mir bleibt er stehen. Er streckt seine Hand aus, zieht sie wieder zurück, hebt sie dann noch einmal, um mir eine Haarsträhne aus dem Gesicht zu streichen: »Aber nicht wieder schlagen, okay?«

»Ganz bestimmt nicht«, kann ich gerade noch murmeln, da beugt sich Leo schon vor und drückt seine Lippen auf meine. Erst nur ganz leicht, als wäre es sozusagen die Generalprobe, dann spüre ich plötzlich seine Zunge warm und weich und gar nicht sabberig in meinem Mund.

Wolke achteinhalb. Mindestens.

Unsanft plumpse ich runter, als die Schuppentür aufgerissen wird und Junko hereinplatzt.

»Oh sorry, ich wollte nur sagen …« Sie grinst breiter, als ein Breitmaulfrosch es jemals zu Stande bringen würde. »Das Essen ist angerichtet!«

»Danke, Junko«, sage ich mit einer Stimme, der komplett die Laute fehlen.

Leo schiebt ebenfalls ein heiseres »Danke« hinterher, und noch während Junko die Tür hinter sich zuzieht, machen Leo und ich genau da weiter, wo wir gerade aufgehört haben.

Und zwar in meinem wunderschönen rot-weiß gestreiften Strandkorb.

ENDE